Demons spring

ⓣ tredition

© 2024 Selia R.

Umschlag, Illustration: Selia R.

ISBN

Paperback   978-3-384-37828-6

Druck und Distribution im Auftrag der Autorin:

tredition GmbH, Heinz-Beusen-Stieg 5, 22926 Ahrensburg, Deutschland

Demons spring

Demons spring

Demons spring

Selia R.

Demons spring

Alone

NanNan war schon 2 Monate lang weg. Es war jetzt früher März. Wir hatten nicht mehr wirklich große Hoffnung, dass sie jemals zurückkommen würde. Noch war uns nichts passiert. Der Krieg war in den Städten stärker. 2 Von uns gingen einmal die Woche zur Stadt um Essen zu holen. Der Weg war lang, aber wir kannten ihn gut. Berry ging es ganz gut, sie hatte gelernt Mäuse und Hamster im Feld zu fangen. Die Situation im Feld war wieder ruhiger, das Feld war aber immer noch eine der gefährlichsten Stellen. Heute mussten ich und Alice Essen holen gehen. Wir gingen durch die dichten Bäume. Man konnte einen leichten Weg sehen, den wir mit der Zeit hinterlassen hatten. Wir mussten jeden Schritt bedacht und vorsichtig setzen. Es war noch noch früher

Morgen und deshalb auch dunkel. Wir mussten etwa 30 Minuten von unserem Versteck bis zur Stadt laufen. Gegenüber vom Wald war eine verlassene Tankstelle die noch etwas Essen hatte. Die letzten Male war es zu viel gewesen alles mitzunehmen. Jetzt war nur noch wenig da, also konnten wir alles mitnehmen. Die Tür war offen, das war sie immer. Es war ein komisches Gefühl in der Dunkelheit in eine Tankstelle zu schleichen. Obwohl wir das schon viele Male gemacht hatten, fuhr mir immer noch beim Eintreten ein Schauer über den Rücken. Wir hatten hier vor kurzem einen Zusammenstoß mit verrückten Menschen.

>>Ich hole Essen, du holst andere Sachen.<< flüsterte Alice und nahm 4 Taschen die noch hinter der verlassenen Theke hingen. Ich nahm mir auch 4 Taschen. Der Himmel war immer noch gespalten und ein Leuchten drang durch den Spalt. Trotzdem war es hier unten

dunkel. Ich ging zu den Fenstern der Tankstelle. Hier waren viele Sachen. Ich packte schon alles in die Taschen. Zahnpasta, Cremen, Autoreiniger, alles. Wir hatten zwar kein Auto, nahmen aber trotzdem Sachen für Autos mit. Vielleicht würden wir sie ja brauchen. Alice' Taschen waren voll. Es gab zwar nur noch Snacks, das war aber besser als gar nichts. Bald waren auch meine Taschen voll. Ich hatte auch noch Putztücher, ein Feuerzeug und mehr mitgenommen.

>>Gehen wir?<< fragte Alice. Ich nickte. Während wir raus gingen stieß ich gegen ein Regal und ein Teddy viel runter.

>>Au! << machte ich und hielt meine Hände vor meinen Mund. Alice starrte den Teddy an.

Sie hob ihn auf, >>Der ist für Berry.<< sagte sie.

Wir schlichen raus und rannten in den Wald. Im Wald fühlten wir uns sicher. Ich schaute hoch. Es wurde langsam hell, wir mussten uns beeilen.

>>Morgen müssen wir nach einem neuen Laden suchen.<< sagte ich. Alice nickte, >>Wir werden Waffen brauchen. << sagte sie. Das war wahr. In den letzten 2 Monaten hatten wir uns Pfeile geschnitzt mit 2 Taschenmessern, die wir gefunden hatten. Wir eilten zurück zum Baumhaus. Das Haus, das neben dem Baumhaus stand war zu unserem Lager geworden. Wir hatten es aufgeräumt und umgestaltet. Jetzt waren dort keine Spinnennetzte mehr und die Teelichter, die wir in einem Schrank gefunden hatten, sorgten für ein warmes Licht. Wir legten unsere Taschen ab. Eine war voller Getränke. Auch wenn wir viel zu trinken hatten, waren wir immer knapp bei Wasser. Mary war eine Naturexpertin, also wusste sie, wie wir das Wasser vom Bach filtern konnten. Das dauerte aber lange, deshalb brauchten wir Alternativen. Außerdem tranken wir auch das Regenwasser. Alice und Mary wollten

unbedingt zurück ins Dorf, um ihre
Familien zu sehen, doch wir hatten keine
Ahnung, wie wir das machen sollten. Mary
kam durch die Tür, >>Hey!<< sagte sie,
dann sah sie die noch offenen Schränke
voller Sachen, >>Essen?<<.
Ich nickte. Ihr müdes Gesicht verwandelte
sich zu einem breiten Lächeln.
>>Das finde ich toll!<< sagte sie und
durchsuchte die Schränke. >>Ich hole
Berry runter! << sagte ich. In der letzten
Zeit war ich stärker geworden, ich war die
einzige, die Berry vom Baumhaus
runtertragen konnte.
Dann kletterte ich hoch. Berry lag neben
Winson auf dem Sofa. Als sie mich sah,
sprang sie auf.
>>Hey Kleines! Ich bringe dich jetzt zu
deinem Lieblingsmenschen! << sagte ich.
Demonen und Hunde hatten wirklich eine
magische Bindung. Ein Hund könnte den
schlimmsten Demon dazu bringen, sich
nett zu verhalten. Ich habe gehört, Engel

haben dieselbe Bindung mit Katzen. Menschen konnten sich noch nie wirklich entscheiden. Berry sprang auf meine Schulter und hielt sich fest. Ich trug sie runter. Als sie Alice sah, fing sie an zu winseln. Ich ließ sie auf den Boden und sie rannte zu Alice. Sie schleckte Alice' ganzes Gesicht ab.

>>Baby! Ich habe dich vermisst! << sagte Alice und drückte Berry. Ich sah bei Alice eine ähnliche Bindung zu diesem Hund, wie bei uns Demonen.

>>Das ist wirklich dein Seelenhund!<< sagte Mary lachend zu Alice. Alice lächelte und küsste Berry auf die Stirn.

>>Holen wir heute neues Wasser vom Bach?<< fragte Alice.

>>Ja!<< erwiderte Mary und holte ihren gebauten Wasserfilter, >>Dann kann Berry wieder etwas jagen üben.<<.

Wir schrieben einen Zettel für Winson und gingen los. Es war vermutlich 7 Uhr. Ein paar Vögel zwitscherten. Wir gingen unseren Weg zum Bach. Berry rannte voran und wartete alle 20 Sekunden ungeduldig auf uns. Sie kannte den Weg schon auswendig. In der Nähe des Baches war eine große Lichtung auf der wir immer vorsichtig sein mussten. Berry liebte es dort zu toben. Dort gab es viele Mäuse und Hamster die Berry als Futter dienten. Mit der Zeit ist Berry wirklich zu einem kleinen Wolf geworden. Nach 10 Minuten waren wir am Bach. Ich und Alice setzen uns auf die Steine, auf denen wir immer saßen, wenn wir hier waren. Hier, mit dem Rauschen des Baches und den Vögeln in den Ohren, fühlte sich die Welt so friedlich an. Man vergaß fast all die Zerstörung, die außerhalb des Waldes geschah. Ich wusste wir waren nicht die einzigen, die sich im Wald versteckten, deshalb mussten wir immer auf der Hut sein. Berry trank am Bach. Danach rannte sie zur Lichtung um zu jagen.

The forbidden

Wir entspannten uns, während das Wasser anfing sich zu filtern. Es war mittlerweile sehr hell. >>Wir sollten zurück, sonst findet uns jemand. << sagte Mary. Ich und Alice nickten. Unser Baumhaus war gut versteckt, fast in alle Richtungen war es voller Büsche. Es fühlte sich an, wie ein umzäunter Garten, die Büsche waren so hoch und dicht, dass nicht mal ein ausgewachsener Demon durch sie durchsehen konnte.

>>Berry! Komm!<< rief Alice.

Wir hörten ein Knurren.

>>Berry?<< wiederholte Alice.

Das Knurren wurde zu einem Bellen. Wir schauten uns an. Alice Augen waren geweitet. Sie rannte los. >>Berry!<< schrie sie.

Berry hörte immer auf Alice, etwas stimmte nicht. Wir rannten ihr hinterher.

Sie stoppte an der Lichtung und versteckte sich schnell hinter einem Baum. Wir sprangen auch hinter Bäume. Da waren zwei Gestalten. Gegenüber von Berry. Berry schaute uns an, dann die Gestalten. Sie rannte zu uns und drückte sich gegen Alice' Beine.
Sie hatten uns gesehen. Das war sicher. Doch sie standen noch am selben Fleck. Langsam erkannte ich sie, es war ein Demon und ein Engel. Warum kämpften sie nicht? Sie starrten uns an, sie sahen verängstigt aus. Etwa 10 Minuten standen wir da und starrten uns gegenseitig an. Sie griffen uns nicht an. Wir griffen sie nicht an. Dann nahm der Demon einen Schritt nach vorne. Der Engel folgte ihm zögernd. Wieder starrten sie uns an. Alice schaute zu mir und hielt Berry fest zwischen ihren Beinen und einem Arm. Als ich wieder zu dem Demon und dem Engel schaute waren sie noch nähergekommen. Sie kamen immer näher. Langsam, aber näher. Da verstand ich, was ich machen musste. Ich sprang vor meinen Baum. Bereit zum

15

Kampf. Bereit meine Freunde zu verteidigen. Sie zuckten zusammen und bleiben stehen. Ich atmete schnell, meine Fingers zitterten. Ich wollte nicht kämpfen, ich war an mehrere Monate Frieden gewohnt. Doch ich musste.

>>Was wollt ihr?<< fragte ich.

Von hier aus konnte ich erkennen, dass es ein Mädchen und ein Junge waren. Sie waren etwa in unserem Alter. Bei meiner Frage nahm das Mädchen die Hand des Jungen. Was war hier los? Engel und Demonen sind Feinde - vor allem in solchen Zeiten! Ich starrte sie an.

Das Mädchen - der Engel antwortete mir: >>Wer seid ihr?<<.

>>Was wollt ihr?<< wiederholte ich.

>>Frieden!<< schrie der Engel. Ich starrte sie an. Ich vertraute ihnen nicht.

Es herrschte Stille.

>>Ihr wollt nicht kämpfen! Nicht wahr?<< sagte der Junge- der Demon schließlich. Ich antwortete nicht. Doch sie schienen meine Mimik zu lesen.

>>Wir wollen auch keinen Krieg! Bitte,

vertraut uns!<< schrie das Mädchen.

Ich schaute kurz nach oben. Auf der Lichtung waren wir unsicher. Wir mussten schnellstens hier weg.

>>Dann lasst uns verschiedene Wege gehen!<< traute ich mich zu schreien.

Das Mädchen schaute mich mit einem flehenden Blick an.

>>Wir brauchen Essen! Und Hilfe, bitte, mein Flügel!<< brach es aus dem Mädchen raus.

Ich musterte sie misstrauisch. Die Spitze ihres Flügels war nach unten geknickt. Das sah nicht gesund aus. Ich ging einen Schritt zurück, >>Wir können euch nicht helfen!<< rief ich.

Sie starrten mich an. Flehend.

Irgendetwas in mir wollte ihnen helfen. Ich versuchte dieses Gefühl zu verdrängen.

Wir konnten das nicht riskieren! Ich wandte mein Blick nicht von ihnen ab, ich musste bereit zum Angriff sein.

>>Bitte helft uns, wir werden euch nichts tun, eine Gruppe ist stärker, wenn sie größer ist!<< schrie der Junge.

Ich blieb stur. Auch wenn ich ihnen innerlich vertraute. Ich durfte nichts riskieren.

>>Na gut!<< hörte ich plötzlich Mary's Stimme hinter mir. Ich wandte meinen Blick zu ihr. War sie verrückt geworden? Sie warf mir einen ruhigen Blick zu. Das war das schwierige an Mary, sie konnte dich sogar in solchen Situationen zur Ruhe bringen.

>>Danke! Danke! << schrien die Fremden gleichzeitig. Sie kamen näher an Mary. Warum vertrauten sie uns?

Wir setzen uns auf die Steine von vorhin. Sie schienen uns nicht angreifen zu wollen. Berry beschnupperte sie vorsichtig. Dann rannte sie wieder zu Alice. Nach ein paar Sekunden ging sie wieder vorsichtig zum Demon und ließ sich von ihm streicheln.

>>Wer seid ihr?<< fragte Mary.

Ich und Alice schauten uns besorgt an, es war mittlerweile wirklich sehr gefährlich hier draußen.

>>Ich bin Mors.<< sagte der Engel.

Sie schaute zum Demon.

>>Ich bin Vitas.<< sagte er. Wir starrten sie an.

>>Ich bin Mary.<< sagte Mary.

Ich und Alice sagten nichts. Wir waren zu misstrauisch.

Mary starrte uns an.

>>Das sind Alice und Faith.<< sagte sie schließlich. Mein Blick schoss hoch.

>>Hallo.<< murmelte ich. Ich wusste nicht, was ich sonst sagen sollte. Alice nickte.

>>Wir wollen euch wirklich nichts Böses.<< sagte Vitas.

>>Dann was wollt ihr?<< fragte ich. Sie schienen uns zu vertrauen.

>>Wir sind verletzt und am Verhungern. Wir brauchen Leute, denen wir vertrauen können.<< sagte Mors.

Ich dachte an das Essen, das ich und Alice heute Morgen geholt hatten. Es würde schnell leer gehen, wären wir noch mehr Leute. Doch ich hatte immer noch dieses Gefühl in mir, welches ihnen helfen wollte.

>>Was ist euch passiert?<< fragte Mary.

>>Der Krieg.<< erwiderte Vitas.

>>Wir sind schon länger hier auf der Erde, doch als der Krieg anfing, waren wir an einer unsicheren Stelle und wurden angegriffen. Wir sind vor ein paar Wochen in den Wald geflüchtet, doch unser Vorrat ist seit einigen Tagen leer.<< erklärte Mors.

Ich starrte sie wieder an. Sie waren schon länger auf der Erde? Ich war also nicht die Einzige?

In meinen Gedanken wurde es für einen Moment still. Hieß das-?

Hieß das ich war nicht Schuld für den Krieg?

Obwohl ich es versuchte zu verhindern, schlich sich ein leichtes Lächeln auf meine Wangen.

>>Wisst ihr warum der Krieg angefangen hat?<< fragte ich schnell.

Sie starrten sich einige Sekunden an. Was war los?

Dann drehten sie sich zu mir und nickten vorsichtig.

>>Du musst wissen, wir sind ein Paar.<<

sagte Mors, >>Und Liebe zwischen einem Demon und einem Engel ist nun mal...verboten. Bei unserem ersten Kuss haben wir diesen Friedensbann gebrochen und-.<<.

Mein Augen waren weit geöffnet. >>Ihr seid schuld? << fragte ich. Stille. Das hätte ich nicht fragen sollen. Ich erinnerte mich, wie ich mich die ersten Tage vom Krieg gefühlt hatte, als ich dachte ich hätte all die Schuld.

>>Ihr habt zu Unrecht schuld! Ihr habt keine Schuld! << korrigierte ich mich. Sie schauten mich an. Ich sah ein kleines Lächeln auf ihnen. Auch ich lächelte. Ich vertraute ihnen. Auch Berry schien ihnen zu vertrauen, sie lag neben Vitas' Fuß.

>>Berry mag dich! << sagte Alice zu Vitas. Er schaute auf. >>Ich mag sie auch.<< sagte er mit einem Lächeln.

>>Zeig mir deinen Flügel!<< sagte Mary und stand auf. Mors drehte ihren kaputten Flügel zu Mary. Mary musterte ihn und schaute mich fragend an. >>Ich hab zwar keine Ahnung von Engeln aber das sieht

nicht gut aus! << sagte sie. Ich nickte.
>>Wir haben bei uns Verband, wir können
dir helfen! << sagte Mary vorsichtig. Ich
zeigte es nicht, aber ich fand diese Idee
nicht wirklich gut. Doch alle standen auf,
also tat ich das auch.
>>Zeigt niemandem den Weg zu unserem
Versteck!<< sagte Mary mit einer
warnenden Stimme. Sie nickten ernst. Wir
gingen los. Ich hörte wie sich Alice mit
Vitas unterhielt. Berry lief zwischen den
beiden. Marz sprach mit Mors. Doch nach
einiger Zeit kam Mors zu mir und fing ein
Gespräch an.

New ones

>>Wie bist du eigentlich zu diesen Menschen gekommen? << fragte sie. Ich schaute Mary an. >>Mein Vater ist Chef bei einer Firma, die auf die Erde reisen kann. Ich habe mich durch das Portal geschlichen und Alice getroffen. << erklärte ich. Ich wollte ihr noch nichts über meine Kette erzählen. Sie nickte nachdenklich. >>Seit wann seid ihr hier? Also auf der Erde?<< fragte ich.
>>Seit Dezember. Wir kannten uns schon länger und sind dann beide auf die Erde geflohen.<< erklärte sie mir.
Sie kannten sich schon früher? Wie war das möglich? Gewöhnliche Bürger der Hölle konnten nicht mit Bürgern aus dem Himmel in Kontakt sein. Sie bemerkte meinen fragenden Blick.
>>Wir kannten uns nicht wirklich, wir

sahen uns immer im Traum und sprachen dort miteinander. Es war magisch. Alles war so realistisch und es fühlte sich so echt an. Wir vertrauten unseren Träumen und planten uns auf der Erde zu treffen. Es hat geklappt, unser Treffen war eine Bestimmung! << erklärte sie weiter. Eine Bestimmung.

Der Krieg konnte sich anscheinend nicht mehr zurückhalten und wollte ausbrechen! Ich schaute sie an, >>Klingt romantisch.<< sagte ich. Mors lächelte beschämt, >>Wie Seelenverwandte. << murmelte sie. Ich lachte.

>>Das hört sich wirklich so an!<< meinte ich. Sie schaute mich lächelnd an. >>Hatte Alice Angst vor dir? << fragte Mors. Ich schüttelte meinen Kopf. >>Sie mochte mich direkt und ich habe ihr auch direkt vertraut. Vor dem Krieg habe ich bei ihr gelebt! << sagte ich. Mors war sympathisch.

>>Hört sich aber auch nach

Seelenverwandten an!<< lachte sie.

Was? Ich wurde rot.

Ein >>Nein!<< platzte aus meinem Mund.
Ich schaute auf den Boden. Mors lachte.
Ich schaute hinter mich, Alice schien es
nicht gehört zu haben. Mors legte einen
Arm um mich. >>Ich mag dich!<< sagte
sie.

Ich schaute wieder auf und lächelte sie an.
>>Ich dich auch!<< sagte ich. Ich hatte
noch nie zuvor mit einem Engel
gesprochen.

>>Du bist ein echt interessanter Demon,
weißt du?<< sagte Mors und musterte
mich, >>Wie alt bist du?<<.

>>17, wie meine Freunde.<< antwortete
ich.

Ihre Augen weiteten sich fröhlich, >>Wir
auch!<< sagte sie. Wir lächelten uns an.

In dem Moment blieb Mary stehen. >>Wir
sind fast da! << sagte sie, >>Jetzt müssen
wir uns durch die Büsche zwängen. <<.

Ein kleiner Weg führte zu unserem

Baumhaus. Er war gut versteckt, aber dadurch auch für uns immer schwer zu durchdringen.

Wir krochen den Weg entlang bis das verlassene Haus- unser Lager zum Vorschein kam. >>Wow! << machten Mors und Vitas gleichzeitig. >>Tada! Unser Versteck! << sagte Mary. Die Tür zum Lager öffnete sich und Winson kam raus. Er blieb stehen als er unsere Gäste sah.

Mary ging zu ihm.

>>Das sind Mors und Vitas!<< sagte sie. Er schaute die beiden kritisch an. Dann flüsterte er etwas zu Mary, was man nicht gut hören konnte. Vitas machte ein entsetztes Gesicht. Er hatte seine Ohren gespitzt. Ich hatte damit aufgehört, da ich unter Menschen war und die einzige mit übernatürlichen Fähigkeiten war. Ich schaute Vitas an. Sein Gesicht wurde zu einem Lächeln.

>>Du scheinst sympathisch!<< sagte er zu

mir, >>Alice hat mir viel über dich erzählt!<<.

Ich schaute schnell zu Alice und dann wieder zu ihm. >>Über mich? << fragte ich überrascht. Er nickte. Ein Lächeln zwang sich auf meine Wangen. >>Es fühlt sich so gut an, wieder unter meinen Leuten zu sein! Unter Demonen! << seufzte ich. Ich hatte Demonen vermisst. Man konnte mit ihnen Witze machen, die man mit Menschen nicht machen konnte. Sie Verstanden so viel mehr! >>Ich habe Demonen auch sehr vermisst! << sagte Vitas. >>Wir haben noch einen anderen Demon in unserer Gruppe, doch sie ist irgendwie verschollen. << sagte ich. Ich meinte NanNan, meine Hoffnungen über ihre Rückkehr waren mittlerweile auch komplett verschollen. >>Oh. << machte Vitas. Mors kam zu uns gerannt. >>Vitas, komm, ich verhungere!<< seufzte sie und zog ihn zu unserem Lager. Er folgte ihr. Ich folgte ihnen auch und stellte

mich neben Alice. Sie lächelte mich an.
Mary kam zu uns. >>Die können wir
aufnehmen oder? << fragte sie. Wir
nickten synchron. Aus dem Augenwinkel
sah ich wie Vitas mit Winson sprach.
Beide schienen etwas schüchtern.
>>Ich finde die irgendwie süß, haben die
euch ihre Geschichte erzählt?<< fragte
Alice. Ich nickte. >>Verbotene Liebe für
die sie trotzdem kämpfen! Das klingt so
toll! << schwärmte Alice. Ich und Mary
lachten. >>Ich meinte schon die sind
Seelenverwandt! << warf ich ein und
wurde dann kurz still, hatte Alice davor
wirklich nicht gehört was Mors gesagt
hatte? Doch sie lachte nur. Mary ging und
schaute mich mit einem versteckten
Lächeln an. Sie hatte es anscheinend
gehört. Mein Blick wanderte zu den
Neuen. Sie hatten sich nur jeweils einen
Riegel genommen.
>>Ich muss noch ihren Flügel
verbinden!<< sagte Mary schnell und ging

zu Mors. Sie nahm einen unserer unzähligen Erste-Hilfe Kasten und holte Verband raus. >>Gehen wir in der Nacht nach einem neuen verlassenen Laden suchen? << fragte Alice. Ich nickte. Das würde sicherlich gefährlich werden. Wir setzten uns auf den Baumstamm, der für uns wie eine Bank wirkte. Die Sonne war nach Wochen endlich zu sehen und schien auf meine Haut. Ich drehte mein Gesicht zur Sonne. Endlich wieder Wärme. In der Hölle war Wärme eine Selbstverständlichkeit, hier hatte sie mir sehr gefehlt.

Lost

Es war spät geworden. Wir mussten uns
unsere Jacken anziehen. Viel mehr hatten
wir nicht. Wir hatten nur, was wir am Tag
an dem der Krieg begann trugen. Und ein
paar Mitarbeiterhemden aus der
Tankstelle.
Ich und Alice bereiteten uns vor auf Suche
nach Essen zu gehen.
Ich schaute hoch, es war dunkel, dunkel
genug um aufzubrechen. Wir zwangen uns
durch die dichten Büsche. Im Dunkeln war
das immer schwer. Wir gingen unseren
bekannten Weg entlang, wir wollten uns
um diese Uhrzeit nicht verlaufen. Nach
einiger Zeit waren wir an der Tankstelle
von vorhin angekommen. Ab hier würde es
gefährlich werden. Wir schlichen uns am
Waldrand neben der Straße entlang und
achteten auf jedes Geräusch. Für 10
Minuten sagten wir nicht ein Wort bis wir

an eine kleine Siedlung kamen. Ich blieb stehen. Hier endete der Wald. Alle Lichter in den Häusern waren aus. Sie schienen alle verlassen. Einige Wände waren eingeschlagen, einige Dächer waren eingebrochen. Alice schaute mich an. Ihr Blick sah ängstlich aus. Ich stellte mich auf die Gefahr ein. Ich spitzte meine Ohren und lauschte. Kein Geräusch. Also tat ich vorsichtig einen Schritt aus dem Wald raus. Wir hatten seit 2 Monaten nichts Anderes außer dem Wald und der Tankstelle gesehen. Ich musterte nochmal alles. Nichts.

Alice folgte mir. Wir schlichen geduckt die Straße entlang. Am Ende der Straße konnten wir einen Laden erkennen. Immer noch sagten wir kein Wort. Es schien niemand hier zu sein. Wir kamen am Laden an. Er war klein aber seine Türen waren zu. Das musste heißen, dass dort noch Essen drinnen ist!

Alice schaute mich an, >>Wie kommen wir da rein?<< fragte sie. Ich schaute den Laden an. Ich hatte keine Ahnung.

Langsam schlich ich um den Laden. In einer dunklen Gasse schaute ich mich um. Ganz hinten war ein Fenster! Ich holte Alice, >>Hier ist ein Fenster. << sagte ich. Sie rannte leise zu mir. >>Ich mache dir Räuberleiter! << sagte sie. Was wollte sie machen? Ich schaute sie fragend an. Sie kniete sich hin und formte ihre Hände zu einer Art Schüssel, >>Kletter hoch! << sagte sie. Ich nahm mir einen Stein. Vorsichtig stieg ich auf ihre Hand. Bevor ich es bemerken konnte, hatte sie mich hochgehoben. Seit wann war sie so stark? Mein Gesicht war genau vor dem Fenster. Ich schlug mit dem Stein auf die Mitte des Fensters. Es zerbrach mit einem lauten Geräusch. Für ein paar Sekunden standen wir versteinert da. Nichts bewegte sich, alles war still. Dann kletterte ich vorsichtig durch das kleine Fenster und versuchte Alice hochzuziehen. Das klappte nicht. Also sprang ich wieder runter. Ich hob Alice hoch und sie kletterte durch das Fenster. Dann kletterte ich hoch. Ich war zwar noch kein ausgewachsener Demon, klettern konnte ich aber trotzdem. Es war so dunkel, dass wir kaum etwas erkennen konnten. Alice holte eine Taschenlampe aus ihrer Tasche. Wir waren in einer Art Büro. Vielleicht war es das Pausenzimmer der Mitarbeiter. Oder eine Küche? Wir öffneten eine knarzende Tür. Wäre hier jemand, hätten die uns schon lange gehört. Wir befanden uns an den Kassen. Alles schien leblos und alle Regale waren voll. Wir packten unsere Taschen mal wieder voller Dosenprodukte und Sachen mit langer Haltbarkeit. Eine Tasche natürlich voller Wasser. Wir teilten uns für die restlichen Dinge auf. Alice ging ans Ende des Ladens, ich blieb vorne. In einem Regal fand ich T-Shirts. Unsere Rettung! Ich packte so viele, wie passten in meine schon volle Tasche. Plötzlich hörte ich einen Schrei von Alice. Meine Taschen fielen fast aus meiner Hand doch ich fing sie auf. Ich wollte zu Alice rennen, doch glücklicher Weise dachte ich logisch. Ich rannte ohne einen Ton von mir zu geben in die Küche und suchte nach Messern. Dann ließ ich alle Sachen fallen und eilte leise zu Alice. Ich versteckte mich hinter einem Regal. Vor Alice stand ein Demon, ein Ausgewachsener. Er war in Angriffsstellung. Sein Rücken zeigte zu mir. Alice sah mich nicht. Mein Herz schlug schneller. Der Demon sprang los um Alice zu packen. Doch sie schaffte es, zur Seite zu springen. Ich wusste, dass war mein Moment. Ich sprang auf den Demon und rammte ihm das Messern tief in den Rücken. Er schrie auf und fiel zu Boden. Doch er stand wieder auf. Ich zog das Messer aus seinem Rücken während ich auf den Boden geschleudert wurde und er schrie erneut. Beim Fall stach ich das Messer fast in mein Bein. Der Demon packte mich mit seinen scharfen Krallen und zerquetschte meine Rippen. Ohne Luft zu bekommen stieß ich ihm das Messer aus letzter Kraft ins Herz und strich meine Krallen über sein Gesicht. Das war sein Ende. Leblos lag er auf dem Boden. Ich befreite mich aus seinem Griff und fiel ebenfalls zu Boden. Mir wurde schwarz

vor Augen. Meine Hand war voller Blut.
War es mein Blut? War es das Blut vom
anderen Demon? Alice rannte zu mir.
>>Faith, lebst du? << schrie sie. Ich nickte
schwer. Atmen tat weh, doch ich musste
Atmen. Sie umarmte mich, ein Schmerz
durchfuhr meinen Körper. Doch er wurde
von einem warmen Gefühl vertrieben. Ich
setzte mich auf und starrte den Demon an.
Mir war schwindelig.
 Plötzlich drückte Alice ihre Lippen an
meine, >>Danke.<< flüsterte sie.
Ich war wie versteinert, war das gerade
wirklich passiert? Das Schwindelgefühl
wurde durch eine Art Ohnmacht meiner
Gedanken ersetzt. Gleichzeitig war ich
wieder komplett wach. Ich konnte nicht
sprechen, es tat zu sehr weh. Sie zog mich
in die Küche. >>Kannst du laufen? <<
fragte sie mich. Ich nickte. Das war
vermutlich eine Lüge, doch wir mussten
hier weg. Sie half mir aufzustehen. Ich fiel
gegen eine Wand, Alice fing mich auf. Sie
schaute mich mit einem bemitleidenden
Blick an. >>Ich schaffe das! << brachte ich

heraus. Sie schob einen Tisch vor das Fenster, >>Bist du dir sicher? <<. Ich nickte wieder nur. Wieder eine schlechte Lüge. Ich stieg auf den Tisch und kletterte durch das Fenster. Es ging bestimmt fast 3 Meter in die Tiefe. Ich sprang aus dem Fenster. Beim Aufprall auf den Boden tat mir alles weh. Ich fiel um. Mein Körper fühlte sich taub an. >>Alles okay? << hörte ich Alice Stimme. Schwer stand ich wieder auf und hielt mich an der Wand fest. >>Ja! << sagte ich kläglich. Sie gab mir eine nach der anderen Tasche. Danach erschien ihr Gesicht im Fenster und ich bemühte mich zur Seite. Auch sie kam schwer auf und fiel zu Boden. Sie stand auf und rieb ihren Fuß. >>Alles gut? << fragte diesmal ich. >>Ja! << sagte sie, bemüht ihre Schmerzen zu unterdrücken. Wir nahmen die Taschen und ich stützte mich an Alice' Schulter. Langsam hinkten wir bis zum Wald. Wir wollten rennen, doch wir schafften es nicht. Bei jedem Windzug, bei jeder Bewegung blieben wir stehen und schauten uns um. Nach einiger

Zeit waren wir endlich am Waldrand angekommen. >>Ist es aber wirklich schlau, verletzt diesen ganzen Weg zu gehen? << fragte ich. Wir blieben stehen. >>Vielleicht sollten wir uns in einem der Häuser ausruhen. << schlug sie vor. Ich nickte. Die Idee war gefährlich, aber wir waren so erschöpft, dass wir nicht mehr weiterlaufen konnten. Direkt am Waldrand stand eine kleine Scheune. Vorsichtig öffnete Alice die Tür. Sie holte die Taschenlampe wieder raus und schien in die Scheune. Ein paar Erdsäcke und Gartengeräte standen in der Scheune. Sonst nichts. Sie ging rein, ich folgte ihr. Erst jetzt bemerkte ich einen riesigen Kratzer auf Alice' Arm. Er sah aufgeschnitten aus und blutete. Ich klatschte meine Hände vor meinen Mund. >>Dein Arm! << sagte ich und fasste ihn vorsichtig an. >>Nicht so schlimm! << meinte sie. Ich holte ein T-Shirt aus der Tasche und zerriss es mithilfe einer Gartenschere. >>Gib her! << sagte ich und nahm ihre Hand vorsichtig. Ich

legte ihre Hand auf meinen Schoss und
band das T-Shirt eng um ihre Wunde. Das
T-Shirt war sofort voller Blut. Meine Kraft
kam schlagartig zurück und ich schob zwei
Erdsäcke zu Alice. Einer diente ihr als
Kissen, einer als Ablage für ihren Arm. Sie
lächelte mich an. >>Du musst das nicht
tun, ich werde es schon überleben, spar
deine Kräfte! << sagte sie. >>Ich will, dass
es dir gut geht! << meinte ich. Ich legte
einen Arm auf ihre Schulter. Für einen
Moment wurde alles still. Sie drehte sich
um und legte sich hin, >>Gute Nacht! <<
sagte sie. >>Gute Nacht. << nuschelte ich
und legte mich hin. Ich lag noch lange
wach und schlief erst nach einer Stunde
ein.

The plan

Alice weckte mich, >>Wir müssen los! <<
flüsterte sie mir zu. Leichtes Licht schien
in unsere Scheune. Ich war noch
verschlafen doch stand auf und nahm
meine Taschen. Auch Alice nahm ihre
Taschen. Es schien noch sehr früh, doch es
war schon hell und somit gefährlich.
>>Geht es dir gut genug? << fragte sie. Ich
nickte. Sie lächelte. Ihr Lächeln brachte
auch mich zum Lächeln. Wir schlichen
zum Wald. Mein Körper tat immer noch
weh, doch ich fühlte mich gut genug, um
zu laufen. Wir liefen denselben Weg
zurück, den wir gestern genommen waren.
Wieder sprachen wir kein Wort und
achteten auf jedes Geräusch. Nach einiger
Zeit waren wir endlich an der Tankstelle.
Jetzt war es nicht mehr sehr weit. Wir
kamen an einer kleinen, uns bekannten
Lichtung vorbei. Es war eine schöne

Lichtung, sie war überfüllt mit Blumen und roch wie ein Märchen. Alice blieb stehen und schien nachzudenken, >>Warte kurz! << sagte sie und rannte zur Lichtung. Ich wartete. Sie pflückte einen Straus Löwenzahnblumen und kam zurück.

Mit dem Straus in den Händen stellte sie sich vor mich. Ich wurde rot und lachte. In den letzten Monaten war ich noch mehr gewachsen. Aus diesem Winkel sah sie wie ein überdimensionaler Gartenzwerg aus. Die Art wie sie stand und die Blumen und ihr schüchternes Gesicht.

Sie holte tief Luft.

>>Faith, du bist die beste und schönste Demonin die ich je getroffen habe, möchtest du meine Freundin sein?<< fragte sie aus einem Atemzug heraus. Ihre Stimme war piepsig.

Ich starrte sie ungläubig an. Sie drückte mir die Blumen zitternd in die Hand und versteckte ihre eigenen Hände hinter ihrem Rücken. Ich nahm die Blumen an.

>>Ich- ja!<< schrie ich etwas zu laut.

Sie lachte und legte ihre Arme um mich.

>>Wir sollten hier weg, ist etwas unsicher hier.<< flüsterte ich. Sie nickte lächelnd. Also gingen wir weiter und kamen bald am Gebüsch an. >>Du weißt schon, unsere Liebe ist illegal? << sagte ich. Sie nickte, >>Der Krieg hat schon begonnen, was soll noch passieren? << meinte sie und zwängte sich durch das Gebüsch. Ihre Stimme klang plötzlich wieder nach Alice. Selbstsicher.

 Ich ging hinter ihr her.

Mary kam zu uns gerannt, >>Wo wart ihr?<< schrie sie uns an und umarmte uns schlagartig. Dann sah sie Alice' Arm. >>Was ist passiert? << fügte sie hinzu. Alice schaute auf ihren Arm. Auch Winson, Vitas und Mors kamen auf uns zu. >>Wir haben einen Laden gefunden! << meinte Alice, >>Da war nur leider ein Demon drinnen. << beendete ich. Mary's Augen schlüpfen weit auf. Was hatte sie anderes erwartet?

In der Ferne sahen wir Berry zu uns rennen. Berry sprang Alice an und sie ließ sich zu Boden fallen. >>Berry! << schrie Alice. Berry schnüffelte an Alice' Arm und versuchte ihn abzuschlecken. >>Du bist so ein toller Hund! << seufzte Alice und umarmte sie mit ihrem gesunden Arm. >>Ich gehe mich hinlegen, ich wurde wortwörtlich zerquetscht! << meinte ich und hinkte ins Lager. Marry und Alice kamen mir nach. Mary holte unseren Erste-Hilfe Kasten raus und setzte sich neben Alice.

>>Endlich kommt dieses Ding mal zum Einsatz!<< spaßte sie. Alice lachte und gab ihr ihren Arm. Ich holte ein Glas, füllte es mit Regenwasser und tat meine Blumen rein. Mary hatte Alice in der Zeit schon verarztet.

>>Zeig her, was fehlt dir?<< fragte Mary und setzte sich neben mich. Auch Alice kam.

>>Ich wurde wie gesagt zerquetscht!<< meinte ich und lachte verzweifelt.

>>Dreh dich um!<< sagte Mary. Ich tat was sie sagte. Sie war wie eine Ärztin, Köchin und noch mehr für uns.

Sie zog mein Hemd am Rücken hoch.
>>Das sieht... nicht wirklich gut aus. <<
sagte sie. Ich versuchte es zu sehen. Ich
sah nicht viel, aber was ich sah, war nicht
wirklich schön. Mein Rücken war voller
lilaner und blauer Abdrücke. Einige davon
sahen geplatzt aus und hatten vertrocknetes
Blut an sich kleben.

Mary nahm sich ein Tuch, tauchte es in
kaltes Wasser und wischte es über meinen
Rücken. Es tat weh, fühlte sich aber auch
so gut an. Damit versuchte sie anscheinend
das Blut abzuwischen. Mein Körper
spannte sich an und ich hielt meinen Atem
an. Dann holte sie eine Paste und
schmierte sie auf meinen Rücken. Es
brannte entsetzlich. Ich schrie leise auf.
Alice kam schnell zu mir und nahm meine
Hand. Wieder musste ich lächeln. Mary
schaute uns verdächtig an.

>>Ist sonst noch was passiert?<< fragte sie
während sie die Paste weiter auf meinem
Rücken verteilte.

Alice zuckte mit den Schulter und gab ein
>>Vielleicht<< von sich. Wir alle drei

lächelten.

>>So fertig, jetzt ruh dich am besten den ganzen Tag aus!<< meinte Mary und stand auf. Ich nickte und legte mich auf das Sofa im Lager.

Alice blieb auch im Lager und setzte sich auf den Sessel neben mir, Berry schlief neben ihr.

Nach einiger Zeit schlief ich ein und wachte den ganzen Tag, sowie die ganze Nacht nicht mehr auf.

Erst spät am nächsten Morgen wachte ich auf. Alice war nicht mehr im Lager. Die Sonne stand schon recht hoch am Himmel. Ich ging raus und fand die anderen. Es war ein warmer Morgen. Alle saßen draußen im Kreis. >>Faith! << rief Winson und winkte mir zu. Ich lächelte und winkte zurück. Mein Rücken tat zwar noch weh, aber schon deutlich weniger als gestern. Ich setzte mich neben Alice.

>>Erzählen wir Faith von unserem Plan!<< meinte Mors. Ich schaute in die Runde. Ein Plan?

>>Also, wir wollen versuchen zurück zum

Dorf zu gehen und dort nach unseren
Familien zu suchen.<< erklärte Mary.
>>Was ist mit all unseren Sachen?<<
fragte ich. Wir hatten uns hier so viel
aufgebaut.
>>Wir nehmen jeder zwei Taschen, das
sollte für die Reise reichen.<< meinte
Alice.
>>Aber wie sollen wir dort ein gutes Lager
finden? Das ist lebensmüde! << meinte
ich. Wir waren hier sicher vor dem Krieg,
vielleicht nicht für ewig aber wir waren
trotzdem sicher. Wie sollten wir dort einen
solchen Ort finden?
>>Wir gehen zu mir, meine Eltern hatten
unseren Keller vor ein paar Monaten in
einen Bunker umgebaut. Sie wollten alle
ihre Wertsachen schützen.<< meinte
Winson und verdrehte die Augen.
>>Außerdem wollen ich und Alice
unbedingt unsere Familien wiedersehen!
Auch wenn sie vielleicht schon weg sind,
es gibt trotzdem noch eine Chance! <<
sagte Mary. Ich schaute zu Alice. Sie
nickte. Warum mochte ich dieses Mädchen

so sehr? Natürlich konnte ich jetzt nicht mehr nein sagen.

>>Aber wie sollen wir dort hin finden?<< fragte ich.

>>Wir versuchen es mit dem Zug, die Züge müssten noch fahren, zu mindestens einige.<< sagte Winson. Ich starrte ihn an. Ich war zwar ein Demon- aber war ich die einzige die über die ganzen Risiken nachdachte? Zug? Im Krieg? Waren meine Freunde verrückt?

Doch alle schienen das für eine gute Idee zu halten also stimmte ich zu.

>>Vitas und Mors holen Informationen und in etwa einer Woche wollen wir los!<< erklärte Mary.

Den Rest des Tages verbrachten Vitas und Mors damit, sich vorzubereiten. Ich ruhte mich nochmal aus. Vor der Reise wollte ich nichts mehr riskieren.

Ginny

Die nächste Nacht schlief ich wieder im
Baumhaus. Es war sicherer doch ich
brauchte auch genug Kraft um
hochzuklettern. Vitas und Mors hatten vor,
nach dem Frühstuck aufzubrechen. Ich
wachte früh auf doch lag noch da. Ich
hörte den Vögeln zu, wie sie langsam
erwachten. Plötzlich sprang Berry auf und
knurrte. Im nächsten Moment hörte ich ein
Bellen von unten. Ich sprang auf und
rannte zum Fenster. Winson sprang auch
ans Fenster, anscheinend war er auch
wach. Wir starrten nach unten und
versuchte zu erkennen, wer da war.
>>Faith?<< rief eine Stimme neben dem
Bellen. Ich verstand wer das war. Meine
Gedanken verstummten. War das-?
>>NanNan!<< schrie ich und rannte wie
ein kleines Kind nach unten. Ich fiel in ihre
Arme. Dann sah ich den kleinen

Höllenhund, der gebellt hatte, neben ihr.
>>Ginny!<< schrie ich und fiel neben
Ginny zu Boden. Ginny schleckte mein
ganzes Gesicht ab und ich lachte wie
früher.
Ginny war ein sehr kleiner Höllenhund, sie
war vermutlich kleiner als Berry. Ich
umarmte sie fest. Sie sah für einen
Höllenhund sehr zärtlich aus. Winson kam
auch runter. Mittlerweile schienen alle
wach zu sein.
>>Wir dachten schon du kommst nie
wieder!<< meinte Winson und auch er
umarmte NanNan kurz. >>Natürlich
komme ich wieder! << lachte NanNan.
Jetzt waren wirklich alle wach und hier.
NanNan starrte Vitas und Mors an,
>>Wer? << sagte sie nur. >>Lange
Geschichte, das sind Vitas und Mors, wir
haben die im Wald gefunden! << lachte
Alice und legte ihren Arm um mich.
NanNan nickte langsam und lächelte. Sie
gab ein >>Aha<< von sich.
Wir gingen alle zusammen frühstücken. Es
fühlte sich so toll an, mit allen zusammen

zu sitzen. NanNan lernte die Neuen kennen.

>>Achso NanNan, wir haben einen Plan der dir vermutlich nicht sehr gefallen wird!<< sagte Mary irgendwann.

NanNan starrte in die Runde und verdrehte ihre Augen, >>Was denn jetzt schon wieder?<<.

>>In etwa einer Woche wollen wir zurück zum Dorf- also dort wo unsere Familien wohnen!<< erklärte Mary.

>>Seid ihr verrückt?<< schoss es aus NanNan's Mund. Endlich jemand der so dachte wie ich! Ich nickte zustimmend. Sie sind wirklich verrückt.

>>Aber ich kann euch verstehen, wir schaffen das. Alle zusammen! << sagte NanNan nach kurzer Stille. Was? Wir waren wirklich eine leichtsinnige Gruppe! Den Rest der Woche ruhten wir uns aus, machen uns bereit und packten alles.

>>Ihr habt aber recht, wir können hier nicht auf ewig bleiben, irgendwann werden wir auch hier angegriffen.<< sagte NanNan am letzten Abend. Ich nickte. Ich

hatte den Angriff im Dorf miterlebt, es würde nicht lange dauern bis jemand uns findet.

Mary und Winson waren zum Bahnhof geschlichen um herauszufinden, wann ein Zug fährt. Morgen um 11 Uhr. Wir konnten nur schlecht abschätzen, wann 11 Uhr ist, doch wir planten, früh aufzustehen und sehr früh aufzubrechen.

Es war traurig das letzte Mal hier schlafen zu gehen, das letzte Mal hier aufzuwachen, das letzte Mal diese Leiter runter zu klettern. Wir hatten so viele schöne Erinnerungen hier.

Aber es war so weit. Ich wachte auf und wusste, dass es das letzte Mal hier sein würde. Ich packte meine Sachen zusammen, ich kletterte die Leiter runter. Und ich wusste es. Ich würde nie wieder hier sein. Nie wieder diesen Ort sehen. Auch die anderen sahen traurig aus. Natürlich. Dieser Ort war zu unserem Zuhause geworden. Ich schaute noch ein letztes Mal zurück und winkte dem leblosen Platz zu.

Jeder von uns trug 2 Taschen voller Sachen. Nur Alice und NanNan hatten eine Tasche, weil sie nach den Hunden schauen mussten. Berry und Ginny waren beste Freunde geworden. Sie wichen nie von der Seite des anderen und spielten den halben Tag zusammen. Aber jetzt waren sie an der Leine, wir durften keine Aufmerksamkeit auf uns lenken. Am Anfang bellten die beiden manchmal doch sie verstanden schnell, dass die Reise kein Spaß war. Die Sonne stand immer höher im Himmel. >>Seid ihr euch sicher, dass wir es zum Zug schaffen?<< Mary nickte, doch man konnte sehen, dass sie sich unsicher war. Wir liefen schnell. Schnell aber vorsichtig. Wir kämpften uns mindestens eine Stunde durch den dichten Wald. Wir Demonen und Engel waren außen und umkreisten die anderen weil Menschen viel leichter zu verletzen sind als wir. Und wir wurden kein einziges Mal angegriffen! Das war schon mal ein Erfolg! >>Da ist was Waldende! Wir sind gleich da, der Bahnhof ist direkt daneben! <<

meinte Mors. Jetzt beeilten wir uns noch mehr. Wir waren fast da! Endlich! Und endlich! Das Waldende! Doch plötzlich hörten wir ein Geräusch. Oh nein! Bitte nicht!

Vor unseren Augen rollte der Zug weg. Wir hatten ihn verpasst! Das durfte nicht wahr sein! Mein Mund viel auf. Alice viel neben mir auf den Boden. Mary schrie verzweifelt. Sogar die Hunde bellten. Alice streichelte sie mit Entsetzen in ihrem Gesicht.

>>Was machen wir jetzt?<< fragte Winson leise. Stille.

>>Wir können nicht zurück.<< meinte Vitas, >>Wir haben die Reise angefangen, also beenden wir sie auch!<<. Wieder schwiegen alle nur. Aber uns war klar, dass wir genau das machen mussten. Weiterreisen.

Journey

Wir hatten uns entschieden, den langen
Weg zu Fuß zu gehen. Wir wussten es
würde anstrengend werden, aber am Ziel
wären wir sicher. Der erste Tag war auch
besonders anstrengend. Doch wir wurden
nicht angegriffen. Wir folgten den
Bahnlinien und liefen durch den dichten
Wald. Blätter und Stacheln kratzten unsere
Arme auf, die Sonne brachte uns ins
Schwitzen. Es war ein sehr warmer Tag.
Es wurde aber langsam spät und wir
wurden müde. Viele Tage vergingen genau
gleich.
Laufen. Schlafen. Laufen. Schlafen.
Und wieder war ein genau gleicher Tag
vergangen, an dem wir viel gelaufen
waren.
>>Wir müssen eine Pause machen!<<
meinte Mary als es langsam spät wurde.
Wir alle waren erschöpft, wir sind den

ganzen Tag gelaufen. Also suchten wir uns einen etwas versteckten Ort und setzten uns.

Alice lehnte sich an mich, >>Warum ist der Weg so lang?<< meckerte sie. Ich tätschelte ihren Kopf, Berry kam zu uns. >>Awww, willst du auch kuscheln?<< fragte Alice und umklammerte Berry. >>Armes Ding, mit diesem Fell ist dir bestimmt viel zu warm!<< jammerte Alice und pustete in Berry's Gesicht. Plötzlich bellte Berry. Alice schaute sie an, >>Psst! << machte sie. Doch Berry rannte bellend los. Alice hinterher.

Berry blieb an einem See stehen und bellte weiter. >>Berry! Hier, komm! << schrie Alice und schaute auf den See. Mary war mit uns gerannt, >>Wenn morgen wieder so ein schöner Tag ist, müssen wir hier baden! << sagte sie. Niemand schien da zu sein. >>Warum hast du gebellt? << fragte Alice und kniete sich neben Berry. Berry hechelte.

>>Komm, wir gehen zurück, da haben wir mindestens Schatten!<< sagte Alice und

wir gingen zu den anderen. Ich schaute mich misstrauisch um.

>>Alles gut!<< schrie Mary um die anderen zu beruhigen, >>Falscher Alarm!<<.

>>Da war aber ein richtig schöner See! Ich werde da morgen sowas von reinspringen! << meinte Mary. Unter einer kleinen Höhle von Büschen und Bäumen stellten wir unser Lager auf. Es war sehr eng! Wir setzten uns alle zusammen hin.

>>Ist schon gemütlich, so alle zusammen.<< schwärmte Alice.

>>Ja! Weißt du noch vor 2 Jahren, dieses Sommercamp?<< meinte Mary.

>>Ja! Da mussten wir eine Nacht auch so richtig eng mit allen in einem Lager sein.<< sagte Winson.

>>Was für ein Camp?<< fragte ich.

>>Vor 2 Jahren waren wir 3 in einem Sommercamp. Da haben wir in Zelten geschlafen und sind durch Irland gereist mit einer Gruppe aus dem Dorf. Eine Nacht wurde es richtig stürmisch und wir alle mussten in einer kleinen Hütte

schlafen! Wir waren 30 Personen oder
so!<< erzählte Mary.
Das klang richtig cool!
>>Gibt es bei euch in der Hölle oder im
Himmel auch sowas wie
Sommercamps?<< fragte Winson.
>>Ja, jeder Engel ist verpflichtet einmal
bei einem bestimmten Camp mitzumachen
in dem wir die Pflichten lernen die wir als
Engel erfüllen müssen. Die sind schon echt
langweilig! Wir sitzen einfach nur
irgendwo mit Blick auf die Erde und
lernen.<< antwortete Mors.
>>Ich war noch nie in einem Camp aber
ich bin mal mit Freunden eine Woche
weggefahren und hab die unbewohnte
Hölle besichtigt!<< meinte ich.
>>Du hast was?<< machten NanNan und
Vitas gleichzeitig. Es war verboten die
unbewohnte Hölle zu besuchen. Ich nickte.
>>Das war immer mein Traum!<<
schwärmte Vitas. Ich lächelte.
>>Nur mit illegalen hab ich es hier zu
tun<< seufzte NanNan ironisch.
>>Illegal?<< fragte Mary.

>>Die unbewohnte Hölle ist sogar für uns Demonen richtig gefährlich und deshalb illegal. Aber sie soll so schön sein, dass alle dorthin wollen!<< erklärte Vitas.

>>Wenn dieser Krieg vorbei ist zeige ich sie dir!<< versprach ich ihm. Er lächelte. Wir sprachen noch weiter doch schliefen nach einiger Zeit alle ein. Es fühlte sich sicher an. Alle zusammen.

Die Nacht fühlte sich aber viel zu kurz an. Als ich wach wurde waren alle anderen schon wach. Nur Ginny lag noch neben mir. Ich streichelte sie. In dem Moment stellten sich ihre Ohren auf und sie drehte sich zu mir. >>Morgen! << gähnte ich. Ginny schleckte mein Gesicht ab. Ich wäre so gerne liegen geblieben, doch wenn Mary noch baden wollte mussten wir bald los. Ich streckte mich und kroch aus dem Gebüsch. Obwohl es noch kein Sommer war brannte mir die Sonne schon jetzt auf der Haut.

Die anderen waren schon am Essen. Ich setzte mich zu ihnen. >>Morgen! << rief Alice und umarmte mich. Ich tätschelte

ihren Rücken und gähnte erneut:
>>Morgen<<. >>Es ist so schön warm! <<
schwärmte Mors. >>Gleich können wir
endlich schwimmen! << Mary war so
aufgeregt. Ich freute mich aber auch über
die Sonne. Es war viel zu lange kalt
gewesen. Ich aß schnell ein Brot, ich
wollte die anderen nicht zu lange
aufhalten. Wir gingen bald los. Um den
See rum blühten viele Blumen. Es roch so
schön frisch und süß. >>Endlich! << rief
Mary und sprang ins Wasser. >>Kommst
du? << fragte ich Alice. Sie lächelte,
>>Klar. <<. Sie nahm meine Hand und wir
rannten in den See. >>Das ist so kalt! <<
rief ich und stand wie versteinert da. Alice
zog mich tiefer. Ich tauchte unter und
direkt gewöhnte mich ans Wasser. Alice
hielt immer noch meine Hand. Einen
Moment lang schien die Zeit still zu
stehen. Sie schaute in meine Augen.
Wassertropfen rannten ihr Gesicht runter.
Sie lehnte sich vor und gab mir einen
Kuss. Dann tauchte sie unter und Mary
spritzte mich von hinten nass. Ich drehte

mich um. In dem Moment kam auch Alice mit einem Schub Wasser von hinten. Das Ganze wurde zu einer Art Wasserschlacht. Auch Berry und Ginny schwammen rum. Doch plötzlich rannten die Hunde an den Rand des Sees und begannen zu knurren. Alice rannte ihnen hinterher, >>Was ist denn los? << fragte sie in einer Baby Stimme. Die Hunde hörten nicht auf. Ich starrte Mary an. >>Ich denke wir sollten weiter! << meinte Alice. Ich drehte mich zu ihr. Plötzlich hörte ich einen erstickten Schrei hinter mir. Mary war weg. >>Mary! << schrie Alice. >>Faith komm her!<< ich starrte auf die Stelle, an der Mary grade noch war, >>Faith, komm sofort her!<<. Mary war nur ein Mensch. Nur ein Mensch, sie würde da unten nicht lange überleben. Ich degegen war ein Demon. Ich holte tief Luft und tauchte unter. Der See war klar, aber ab einer gewissen Tiefe sah ich auch nichts mehr. Ich versuchte Bewegungen zu spüren oder Schall zu hören. Nichts.
Plötzlich ergriff mich eine Hand mit

scharfen Krallen. Die Krallen stachen in meinen Bauch und ich schrie auf. Zu spät. Ich hatte meine Luft rausgelassen. Ich versuchte gegen die Kreatur anzukämpfen. Doch vergeblich. Sie zog mich in die Tiefe. Mir würde schwindelig. Ich versuchte mich wegzutreten und wegzukratzen und alles was ging.
Ich wurde ohnmächtig. Trotz meiner Ohnmacht spürte ich plötzlich einen Schall. Und Krallen. Krallen die langsam in meine Kehle eindringen. Ich konnte nichts machen. Ich hatte meinen Verstand aber ich hatte keinen Körper mehr. Der Schall kam näher. Dann ein greller Schrei. Greller, als ich je gehört hatte. Und dann, dann waren auch meine Gedanken weg. Stille. Stille und Dunkelheit.
Ich fühlte mich Tod.

Mermaids

Luft!
Eine kalte, nasse Hand lag auf meiner
Brust. Das Wasser wurde aus meinen
Lungen gezogen. Ich holte schlagartig
Luft.
>>Faith!<< hörte ich Alice schreien. Ich
konnte noch nichts sehen. Alles war
verschwommen. Doch ich konnte Alice'
Umriss über mir erkennen. Ich streckte
meine Hand aus und fühlte wie sie ihre
warme Hand um meine schloss. Dann
fühlte ich wie Ihr Kopf auf meine Brust
fiel. Sie spürte mein Atem. Und ich hörte
ihren. Die kalte Hand wurde weggezogen.
Alice' Atem war schnell und laut. Dann
hörte ich eine neue Stimme.
>>Sie wird ok sein, beide werden ok
sein.<<.
>>Danke<< flüstere Alice. Ihr Kopf wurde

schwerer. Ihr Atem entspannte sich. Ich schloss meine Augen wieder und legte meinen Kopf ab. Ich spürte Beine. Mein Kopf lag auf den Beinen von jemandem. Die Besitzerin der Beine strich über mein Gesicht. Es war NanNan. Eine Zeit lang lag ich nur da. Ich bekam meine Energie einiger Maßen zurück und setzte mich auf. Alice schloss ihre Arme um mich. Neben mir lag Mary. Sie sah schlimmer aus als ich. Sie hatte viele Wunden. Ihr ganzer Arm war offen, eine Alge bedeckte einen Teil der Wunde. Auf ihrem Gesicht lag ein großer Kratzer. Winson saß neben ihr und hielt ihre Hand. Alice ließ wieder los. Ihre Augen waren rot. >>Wie gehts? << schniefte sie. Ich nickte. In dem Moment durchzog mich ein stechender Schmerz. Ich zuckte zusammen und legte mich krampfend auf den Boden. Meine Hand packte meinen Bauch. Auf meinem Bauch waren Algen. >>Alles wird gut. << flüsterte die unbekannte Stimme wieder und legte eine kalte Hand auf meine Wunde. Es wurde besser. Ich schaute die

Besitzerin der Stimme an. Meine Augen weiteten sich. Aus dem Wasser lehnte sich eine Meerjungfrau. Ihre Haut war grau und mit Kiemen überzogen. Sie hatte schmale, spitze, tiefblaue Augen und eine Spitze Nase. Ihre Lippen waren blau. Sie hatte langes, dünnes, wunderschön gewelltes, schwarzes, nasses Haar und summte eine Melodie. Sie zog den Schmerz quasi aus mir raus. Ihre Hand wanderte zu meinem Hals. Auch auf meinem Hals waren Algen. >>Du hattest unglaubliches Glück, dass nichts in deiner Kehle durchtrennt wurde.<< sagte die sanfte Stimme der Meerjungfrau. Ich nickte nicht mal, ich wollte den Prozess nicht stören. Mein Schmerz schien nahe zu weg. >>Besser? << fragte sie, doch bevor ich eine Antwort geben konnte war sie schon bei Mary und legte ihre Hand auf Mary's Arm. Mary drehte ihren Kopf zur Meerjungfrau und ein bemühtes Lächeln überzog ihr Gesicht. Auch ich bleib liegen. Weiteres Stunden vergingen. Als die Sonne anfing meinen Körper zu braten, fühlte ich mich wieder

fit genug um aufzustehen. Auch Mary
hatte sich hingesetzt und an einen
Baumstamm neben Winson gelehnt.
Winson und die anderen redeten. Alice lag
immer noch halb auf mir. Als sie merkte,
dass ich aufstehen wollte setzte sie sich.
Mein erster Versuch aufzustehen war
scheiterlich. Ich fiel direkt wieder hin.
Alice gab mir ihre Hand und stützte mich.
In meinem Kopf drehte es sich, doch
meine Beine standen aufrecht. Erneut
versuchte ich mich zu richten. Es klappte
und mit Alice' Stütze lief ich bis zu Mary's
Baumstamm und lehnte mich ebenfalls
dagegen. Alice setzte sich neben mich.
>>Faith, geht es dir besser? << fragte
Winson. Ich nickte. >>Wie geht es Mary?
<< waren die ersten Worte die ich schwer
herausbekam. Meine Stimme klang kratzig
und ich spürte die Worte schmerzend
durch meine ganze Kehle. >>Ganz ok. <<
sagte Mary. Ihre Stimme klang blass, nicht
so kratzig wie meine. Ich atmete nochmal
tief ein, >>Was ist passiert? << fragte ich.
Wie auf ein Kommando schauten alle auf

die Meerjungfrau, die sich immer noch aus dem Wasser lehnte. >>Mary wurde runtergezogen und du bist hinterher um sie zu retten. << fing NanNan an, daran konnte ich mich noch erinnern, >>Das, was euch geschnappt hat, waren Meerjungfrauen, genau wie Nympha. <<. Nympha, die Meerjungfrau winkte mir zu. >>Wir ernähren uns eigentlich von Fischen und Algen aber meine Artgenossen können sich nicht zurückhalten, wenn mal etwas Größeres im Wasser ist. << sagte Nympha. Klar, ähnlich wie Demonen. >>Nympha hat euch dann gerettet und gepflegt. << erklärte NanNan weiter. Ich blinzelte Nympha an, >>Danke! << brachte ich raus. Nympha lächelte.

>>Wir bleiben noch paar Tage hier, ihr müsst euch ausruhen. << meinte Winson, ich nickte. >>Nympha?<< fragte Mary, >>In welchen Seen leben noch Meerjungfrauen?<<
>>In diesem Wald in fast allen. Dieser Wald ist magisch also, passt auf! <<

erklärte Nympha. >>Wollen alle magischen Kreaturen und umbringen? << lachte Winson.

>>Na, es gibt viele Arten die das wollen aber dann gibt es solche wie mich, und eure Demonen, << sie schaute mich, Vitas und NanNan an, >>Solche die euch nun mal nicht töten wollen. Aber nicht alle Arten von magischen Kreaturen wollen euch umbringen, der Krieg macht manche nur...aggressiv. <<.

Ich schaute in den Himmel. Die Sonne lag schon etwas tiefer im Horizont. >>Sollten wir nicht langsam schlafen gehen? Die beiden sollten sich ausruhen! << meinte Alice, als sie meinen Blick auf den Sonnenuntergang verfolgte. Alle stimmten ihr zu. Also standen wir auf und gingen zum Lager zurück. Mary hatte Probleme aufzustehen und schwankte auf dem Weg. Es waren zwar nur wenige Meter, wir brauchten jedoch trotzdem 5 Minuten. Mary ging es schlechter als mir. Mein Körper hatte sich gestärkt. Ich schaute auf meinen Bauch. Meine Kleidung war an

meiner Verletzung aufgerissen und voller
Blut. Doch dann bemerkte ich noch etwas.
Ich blieb stehen. >>Meine Haut-<< ich
zeigte auf meine Haut. Meine Haut war
blasser geworden. Sie gleichte schon fast
Alice' Haut. >>Deine Haut musste
erblassen, um dich am Leben zu erhalten!
<< erklärte mir NanNan. Im Lager legte
ich mich sofort hin und starrte meine Hand
an. Meine Hand sah so fremd aus. Alice
und Berry legten sich neben mich. Auf der
anderen Seite lagen NanNan und Ginny.
Ich hörte Mary's Atem. Sie atmete sehr
angestrengt. Der Schmerz in meiner Kehle
war weniger geworden. Ich schloss meine
Augen und war weg.

Possessed

Den nächsten Tag verbrachten wir im
Lager. Der Tag verging schnell. Ich und
Mary ruhten uns den ganzen Tag lang aus.
Ginny und Berry lagen bei uns. Mir ging
es schon deutlich besser. Mein
Demonenkörper konnte gut gegen die
Verletzungen ankämpfen. Mary ging es
aber auch schon viel besser. Die Magie
von Nympha hatte ihr geholfen. Die
Verletzung in ihrem Gesicht schien nicht
zu einer Narbe zu werden, sie fing schon
an zu heilen. Bei meinem Hals konnte man
das nicht sagen. Links vom Hals runter
ging ein langer, blutiger Strich. Ich
versuchte mich so gut es ging zu stärken.
Nach einiger Zeit schlief ich ein und
wachte erst bei Dämmerung wieder auf.
Als ich aufwachte waren alle schon im
Versteck. Ich setzte mich. >>Morgen früh
gehen wir los<< sagte Winson. >>Schlaft

euch alle aus, das wird ein langer Tag. <<
erklärte NanNan. Ich nickte und legte mich
wieder hin. Ich spürte wie auch alle
anderen sich hinlegten. Am nächsten
Morgen stand ich nicht spät auf. Einige
waren schon wach. Ich setzte mich zu
ihnen und wir aßen etwas. Kurz darauf
wachten auch die anderen auf und wir
zogen los. Wir gingen weiterhin in der
Nähe der Schienen. Die Reise fühlte sich
endlos an. Wir spazierten den ganzen Tag
durch den Wald. Es gab auch keine schöne
Aussicht oder so, weil wir die Schienen
nicht verlieren durften. Also liefen wir.
Wir liefen und liefen. Und liefen.
Und wir liefen immer noch. Noch weiter.
Die Sonne ging zuerst hoch, und dann fing
sie an zu sinken. Und immer noch waren
wir am Laufen. Einen Fuß vor den
anderen. Einfach weiter. Einfach laufen.
Meine Füße fingen an weh zu tun.
Eigentlich tat alles weh. Aber wir mussten
laufen. Immer noch schien der Weg
endlos.
Doch als der Himmel endlich anfing,

orange zu strahlen und wir alle am Ende
unserer Kräfte waren, suchten wir uns
einen Ort zum Übernachten.
Wir übernachteten, und liefen weiter. Das
ging die nächsten drei Tage genau so
weiter. Und so wachten wir wieder auf.
Und so liefen weiter. Mir und Mary ging
es wieder ganz gut.
Der Wald war nicht mehr so dicht wie
zuvor. Wir mussten jetzt stärker aufpassen.
Aber wir schaffen es erneut. Wir waren
wieder den ganzen Tag gelaufen und
suchten uns wieder einen Schlafplatz.
Auch diese Nacht fanden wir einen.
Müde gingen wir alle schlafen. Es fühlte
sich so gut an sich nach dem ganzen Tag
hinzulegen.
Doch in der Nacht hörte ich plötzlich einen
Schrei und schreckte auf. Alice und
Winson waren auch aufgeschreckt. Alice
packte die Hunde. Sie waren
aufgesprungen und knurrten.
>>Schhhhhh<< machte Alice und umarmte
die beiden. >>Was war das? << flüsterte
Winson. Ich schaute die anderen, die noch

schliefen an. >>Keine Ahnung- wartet<<
ich tippte Alice an, >>Wo ist Mary?<<.
Alice' Augen weiteten sich, >>Der
Schrei...<< flüsterte sie.
>>Halte die Hunde fest<< flüsterte
Winson und stand auf. Alice nahm die
Hunde zitternd an die Leine. Ich schüttelte
Vitas und NanNan wach. >>Was?<<
machte Vitas.
>>Leise, kommt mit, Mary ist weg.<<
sagte ich.
Beide schreckten auf und waren direkt
wach. Wir schlichen aus unseren Versteck.
Ein erneuter Schrei. Langsam schlichen
wir näher an den Schrei. Ich sah einen
großen Umriss in der Dunkelheit und
erstarrte. Neben dem großen Umriss
schwebte ein kleinerer Umriss. Mary's
Umriss. Ich kam näher. Es war ein Engel,
ein riesiger Engel. Mary war besessen. Sie
wehrte sich. Man sah ihre Schmerzen. Ihr
schwebender Körper schlug krampfhaft
um sich. Alleine zusehen bereitete mir
Schmerzen. NanNan schob uns zur Seite.
>>Winson, geh mal lieber zurück ins

Versteck. << flüsterte ich ihm zu. Doch natürlich ging er nicht zurück. NanNan wartete noch kurz, dann startete sie ihren Angriff. Sie sprang auf den Engel zu und bohrte ihre Krallen in ihn. Der Schrei des Engels hallte im Wald. Mary's lebloser Körper fiel zu Boden und Winson rannte auf ihn zu. Vitas stellte sich schützend vor die beiden. Ich half NanNan und griff jedes Mal an, wenn sie verletzt wurde. Der Engel war stark. Zu stark. NanNan erhitzte ihre Hände, sodass sie glühten und sprang auf das Gesicht des Engels zu. Er fiel zu Boden. NanNan landete elegant neben ihm. Sein Gesicht war verbrannt. Doch plötzlich griff er NanNan und stand wieder auf. Sein Mund öffnete sich weit und er würde NanNan sicherlich gleich die Kehle durchbeißen. Ohne nachzudenken schleuderte ich mich auf die beiden und zog meine Krallen durch seinen ganzen Rücken. Seine spitzen Zähne bohrten sich in NanNan's Kehle und sie schrie, alle Vögel in den Bäumen um uns rum fliegen weg. Ich packte seine Mundwinkel von hinten und versuchte ihn wegzuziehen. Er ließ NanNan los, doch biss jetzt meine Finger. Der Schmerz durchdrang meinen ganzen Körper und meine Arme fühlten sich taub an. Ich fiel neben NanNan zu Boden. Jetzt war Vitas bereit für den Kampf. Aus dem nichts kam plötzlich ein grüner Strahl. Er kam aus dem Wald. Es war ein Lebewesen, doch es war so schnell, dass ich nicht im Geringsten erkennen konnte, was es sein könnte. Es umkreiste den Engel, brachte ihn zum schwanken. Von der einen auf die andere Sekunde fiel dieser zu Boden. Leblos. Tot. Ich schaute den Engel glaublos an und hielt meine Luft ohne es zu merken an. Um ihn herum bildete sich eine Pfütze aus Blut. Der grüne Strahl stoppte und starrte mich für einen Moment an. Es war eine Elfe. Kleiner als die Menschen, mit spitzen Ohren, grüner Haut und leuchtenden, bernsteinfarbenen Augen. Ihre Haare waren ein dunkeles, lockiges grün, fast schon schwarz und in einem halben Zopf. Ihre Fingerspitzen waren spitz und ihr

Mund war klein.

Und schon war sie weg. Sie rannte wieder davon. Der grüne Strahl war weg.

>>Hey bleib stehen!<< rief ich und versuchte aufzustehen indem ich mich am Boden stützte. Doch ein Schmerz durchfuhr meinen Arm und ich fiel erneut zu Boden. Ich schaute meine Hände an. Meine verbluteten Hände. Meine Finger sahen tot aus. Auch wenn mein Körper kaum noch rot war, wurden meine Hände lila. Ich konnte sie nicht spüren und gleichzeitig führten sie dazu, dass mein ganzer Arm schmerzte. Flach legte ich mich auf den Boden. Mors, Alice und die Hunde kamen auf uns zugerannt. Mors rannte zu Vitas, Winson und Mary. Alice rannte zu mir und NanNan. Sie erstarrte und wurde weiß, als sie meine Hände und NanNan's Kehle sah. >>Oh nein, alles-was ist-oh nein! << sagte sie ein wenig zu laut. Mors kam jetzt zu uns. Sie legte ihre Hände auf Alice' Schulter, >>Alles wird gut. Wenn ein Engel das angerichtet hat, kann ein Engel das vielleicht wieder gut

machen. << sagte sie mit einem gespielten Lächeln. Sie kniete sich zwischen mich und NanNan und betrachtete NanNan's Kehle. >>Das wird schon, ich denke nichts Wichtiges ist durchtrennt worden. Ich schaute in NanNan's Richtung und mir wurde fast schlecht. Ihr Hals war blau, geschwollen und Blut schoss raus. Ich sah sie atmen, sie sah trotzdem tot aus. Mors legte ihre Hände zuerst auf die Seiten von NanNan's Hals und drückte diese zusammen. NanNan hustete, es hörte sich an, als würde sie ersticken. Auch ich fühlte mich als würde ich allein vom Zuschauen ersticken. >>Alles gut, halte durch, nur ein paar Minuten. << flüsterte Mors und beugte sich über NanNan. Meine Augen waren aus ihren Hals fokussiert. Es fühlte sich an als könnte ich mich währen, doch würde trotzdem nur auf ihren Hals schauen. Die Schwellung wurde kleiner und ihr Hals wurde roter, doch blieb sehr blau. Später legte Mors ihre Finger auf die Verletzungen. NanNan zuckte zusammen und spannte ihren ganzen Körper an, sie hatte Schmerzen. Das Blut stoppte und floss nicht mehr aus ihrem Hals und die Wunden verschlossen sich ein wenig. Während des ganzen Prozesses blieb Mors unglaublich still und behielt ein neutrales Gesicht. Sie ließ NanNan's Hals los. Er war immer noch geschwollen doch hatte schon mehr rote Farbe als lilane. Trotzdem konnte man den Unterschied zwischen ihrer roten Haut und dem frischen Blut erkennen, welches sich über ihren Hals schmierte. Die Spannung in ihrem Körper löste sich und ihr Atem würde leichter. Jetzt drehte sich Mors zu mir. Sanft legte sie meine Hände in ihre und betrachtete sie behutsam. Sie umschloss meine eine Hand mit ihren beiden Händen und schloss die Augen. Ich konnte nichts spüren. Meine Finger waren taub, es fühlte sich fast so an, als hätte ich keine Finger mehr. Gleichzeitig führten sie zu so viel Schmerz.

Irgendetwas passierte. Sie machte etwas, ich konnte nicht sagen was, aber es half. Der Schmerz, der eben noch durch meinen

ganzen Arm drang, zog sich langsam
zurück. Selbst in meinen Händen blieb
kaum noch Schmerz. Sie machte das selbe
mit meiner anderen Hand. Als sie fertig
war hob ich meinen rechten Arm. Ich
drehte ihn und bewegte meine Finger, ich
betrachtete ihn, als wäre es ein neuer Arm.
Ich konnte es nicht glauben.
>>Geht es dir besser? << fragte Alice. Ich
nickte mit einem vorsichtigen Lächeln und
nahm ihre Hand, >>Siehst du? << sagte
ich. Sie lächelte. Alice und Mors halfen
mir und NanNan hoch. Wir gingen zu
Mary, Winson und Vitas. Mors legte ihre
Arme um Vitas, >>Alles gut bei dir? Wie
geht es Mary? << fragte sie. Ich kniete
mich neben Winson der auf Mary schaute
und ihre Hand hielt. >>Menschen zu
heilen ist viel komplizierter als Demonen
oder Engel zu heilen! << jammerte Vitas.
Ich strich meine Finger über Mary's Stirn,
sie war kalt und leblos, doch ihr Herz
pochte. Langsam, trotzdem pochte es.
Winson's Atem war schwer, Alice kniete
sich neben uns. Ich umarmte Winson und

vergrub mein Gesicht in seiner Schulter. Langsam richtete ich mich wieder und schaute ihm tief in die Augen, >>Alles wird gut. << sagte ich, ich legte einen Arm um Alice und einen um Winson. Dabei schmerzte meine Hand wieder und ich musste meine Luft anhalten, >>Sie wird es überleben...hoffe ich. << flüsterte ich. >>Sie war meine beste Freundin, seit wir Kinder waren! << flüsterte Winson und schaute auf Mary. >>Sie hat unsere Freundesgruppe überhaupt zum Leben gebracht, früher mochte ich Winson nicht mal und jetzt sind wir alle unzertrennlich! << sagte jetzt auch Alice und legte ihre Hand auf Mary's Kopf. >>Redet nicht in der Vergangenheit, sie IST eure Beste Freundin und sie ist auch noch am Leben, ihr Herz pocht, ihr Geist möchte nicht aufgeben. Sie muss in einer Trance sein, besessen von dem Engel. << erklärte ich, wir schauten alle gleichzeitig auf den leblosen Körper des Engels hinter uns. >>Sie ist wirklich stark für einen Menschen, es gab noch nie einen

Menschen, der so eine Attacke überlebt hat. Alle waren direkt tot. << tröstete Vitas uns. >>Das stimmt, Menschen dürfen eigentlich nicht in der Lage sein, so etwas zu überleben, sie waren es noch nie... Ich hoffe einfach, sie überlebt es trotzdem. << sagte NanNan. In dem Moment schoss ein Gedanke in meinen Kopf. >>Die Elfe! << rief ich. Alle starrten mich an, >>Die Elfe, sie hat den Engel umgebracht, sie muss stark sein! Wir müssen sie finden! <<.

The search

Und so begann die Suche.
Winson und Vitas blieben mit Mary in
unseren Versteck. Ich suchte zusammen
mit Alice nach der Elfe und NanNan
suchte zusammen mit Mors. Wir schlichen
durch den Wald. Die Bäume waren dünn,
jedes Blatt, jeden Vogel, auf alles wurden
wir aufmerksam.
>>Sollen wir sie einfach rufen? << fragte
Alice nach einiger Zeit. Ich starrte sie an,
>>Denkst du, das ist eine gute Idee?<<.
>>Was wenn sie jetzt grade auf einem
Baum sitzt und uns beobachtet und sich
denkt, warum schleichen die so komisch
durch den Wald?<< lachte Alice, >>Woher
soll sie denn wissen, dass wir sie
suchen?<<. Alice hatte einen Punkt, >>Ich
denke, na gut. << seufzte ich. >>Elfe! <<
schrie Alice und fing an zu lachen. Auch
ich musste lachen. >>Elfe! << lachte ich.

>>Wir sehen grade so dumm aus, wir schleichen durch den Wald und schreien nach einer Elfe! << sagte Alice und vergrub ihr Gesicht lachend in ihren Händen. >>Ich weiß ja nicht ob das so effektiv ist! << lächelte ich. >>Was wollen wir von der Elfe nochmal? << fragte Alice. >>Wir brauchen ihre Hilfe. Sie soll Mary heilen. << erinnerte ich Alice. >>Siehst du, so können wir das sagen! << fing Alice an, >>Elfe! Hallo? Wir brauchen deine Hilfe, bitte! <<. >>Elfe, wir wollen dir danken, bitte zeige dich! << rief ich. Und so gingen wir weiter durch den Wald. >>Elfe! << hallte es wegen uns durch den Wald, >>Komm raus! <<. Stunden vergingen, wir waren tief im Wald und wegen dem steigenden Wind wurde mir kühl, doch ohne ein Zeichnen der Elfe. Wir wollten zurück zu Mary. Es musste doch einen Weg geben, wie auch wir sie retten konnten! Wenn sie überhaupt noch zu retten war...

Wir strichen durch den Wald zurück. Zurück zum Lager. Alice stoppte.

>>Faith...<< fing sie an, ich schaute fragend zu ihr, >>Bist du dir sicher wir laufen den richtigen Weg zurück? <<. Jetzt blieb auch ich stehen, >>Ich bin dir gefolgt! <<. Alice Gesicht verwandelte sich in einen verängstigten Gesichtsausdruck, >>Und ich bin dir gefolgt.<<. Ich schloss meine Augen und atmete tief ein. Und atmete aus. Beim ausatmen entfloh mir ein Lachen. Wir hatten uns verlaufen. >>Faith! Das ist nicht lustig! << Alice Stimme war voller Panik. Ich nahm ihre Hände, >>Wir finden unseren Weg zurück. << beruhigte ich sie entschlossen. Sie schaute sich panisch um, >>Hier sieht alles gleich aus!<<.

Wieder schloss ich meine Augen. Ich spitzte meine Ohren. Irgendwo mussten doch die anderen zu hören sein. Ich ging jedes Geräusch durch, doch mit der nervösen Alice neben mir, war es schwer mich zu konzentrieren.

Ein Hase, eine Taube, eine Eule.
Ein Hase, eine Taube, eine Eule.
Ein Hase, eine Taube, eine Eule.

Konnte ich denn nichts anderes hören?
Bestand der ganze Wald nur aus diesen
Lebewesen? Ich kniete mich hin und legte
mein Gesicht auf meine Hände.
Irgendwelche anderen Geräusche?
Ein Hase, eine Taube, eine Eule...ein Reh!
Endlich etwas Anderes, ich gewann meine
Kraft wieder! Ich spitzte weiter meine
Ohren. Alice war jetzt auch ruhiger
geworden. Ich hörte noch etwas. Blätter
fielen, Wind wehte, Käfer
summten...Schritte! Ich drehte mich
automatisch, mit meinem Jagdinstinkt,
lautlos in die Richtung der Schritte.
>>Schritte.<< flüsterte ich, damit Alice
verstand.
Doch ich war nicht so naiv, um den
Schritten zu folgen, ich musste wissen,
wem sie gehören. Also folgte ich ihnen mit
meinen Ohren. Schritt für Schritt lauschte
ich. Bis dann endlich eine Stimme zu den
Schritten kam, >>Wo ist denn diese Elfe?
<< sagte die Stimme. Es war NanNan. Ich
fixierte den Ton der Schritte in meinen
Ohren. >>Hier lang!<< sagte ich.

Ich ging voran, Alice folgte mir. Mein Körper war auf Angriffssmodus. Meine Schritte waren leicht wie eine Feder und unhörbar. Ich war schnell, zu schnell. Alice kam kaum hinter mir her, >>Faith warte! Ich bin nicht so schnell! << hörte ich sie wiederholt. Doch ich durfte mich jetzt nicht ablenken lassen, sonst würde ich NanNan's Schritte verlieren.

Und plötzlich hörte ich ein dumpfes Geräusch hinter mir und einen kurzen, leisen Schrei, der Alice gehörte. Ich drehte mich schlagartig um. Alice war über einen Baumstamm gestolpert. >>Alles gut? << fragte ich und half ihr hoch.>>Ja, danke. << sagte sie und putzte den Dreck von sich, obwohl unsere Klamotten sowieso dreckig waren. >>Wo lang geht es weiter? << fragte sie. >>Da-<< fing ich an, doch ich konnte ihr nicht sagen wohin, >>Ich habe die Schritte verloren! <<. Alice starrte mich unglaubwürdig an, >>Wie du hast die- wie finden wir denn jetzt zurück? << seufzte sie und ihr Kopf fiel auf meine Schulter. >>Denkst du? Denkst du

schreien hilft? << fragte ich vorsichtig.
Alice dachte einen Moment lang nach,
>>NanNan! Mors! << schrie sie mit ihrer
ganzen Kraft und atmete danach heftig ein
und aus um Luft zu schnappen. >>Das
fühlte sich eher so an, als würdest du
Gegner zu uns führen! << meinte ich.
>>Das stimmt. << gab Alice zu. >>Ich
denke ich sollte einfach noch mal
versuchen, die Schritte zu finden! <<
schlug ich vor. >>Mach das.<< Ich kniete
mich also wieder hin. Ich saß vermutlich
30 Minuten auf dem Waldboden, doch
konnte kein Geräusch finden, welches zu
unseren Freunden passte. Alice schaute
mich hoffnungsvoll an, als ich die Augen
wieder öffnete. Das helle Sonnenlicht
blendete mich und meine Augen krampften
sich wieder zu. Vorsichtig öffnete ich sie
erneut und schaute zu Alice. Ich schüttelte
meinen Kopf. Alice umarmte mich
ängstlich, >>Wie finden wir nur die
anderen? << flüsterte sie in mein Ohr. Ich
zuckte langsam die Schultern. Wir
verweilten in der stillen Umarmung und

gingen durch unsere Gedanken, um einen Weg zurück zu finden. Und da war plötzlich etwas hinter einem Baum. Ich erschrak. Zwei Augen starrten mich an. >>A-Alice...<< sie löste sich von der Umarmung und drehte sich um. Als sie die Augen sah, weiteten sich ihre. >>Was ist das? << flüsterte sie streng. Irgendwas an den Augen kam mir nett vor. Doch ich schaltete meinen Jagdinstinkt ein, um im Ernstfall wegzurennen. >>Hallo? << fragte ich. Hinter dem Baum kam jetzt auch eine kleine, spitze, grüne Hand hervor. In meinem Gehirn machte es klick. Es war die Elfe. >>Du hast uns vorhin gerettet! Danke! << rief ich ihr zu. Jetzt schaute ihr ganzes Gesicht hinter dem Baum hervor. >>Wir bräuchten wieder deine Hilfe! << gab ich vorsichtig zu. Konnte sie uns überhaupt verstehen? Sie wurde wieder zu dem grünen Strahl und umkreiste uns. Alice zuckte zusammen und griff nach meiner Hand. Die Elfe blieb genau vor uns stehen und musterte uns. Dann stellte sie sich aufrecht- sie war für Alice etwa

Schulterhoch- und zog ihre Augenbrauen hoch. >>Wir haben uns verlaufen. << sagte ich mit einem leichten Lächeln. Sie schaute sich um und gab uns ein Signal, ihr zu folgen. Das tat ich, doch Alice bewegte sich nicht. >>Denkst du wir können ihr trauen? << flüsterte sie mir zu. >>Sie hat uns vorhin gerettet, natürlich! <<. Also folgten wir ihr weiter. Sie lief genau so leicht und lautlos wie ich vorhin. Es schien, als würde sie über dem moosbewachsenen Waldboden schweben. Wir folgten ihr für eine lange Zeit, bis wir dann endlich Mors in der Ferne erspähten! Wir winkten ihr zu, sie winkte zurück. >>Kannst du uns noch bei einer Sache helfen? << fragte ich die Elfe. Sie blieb stehen und starrte mich für wenige Sekunden an. Dann verschwand sie wieder in ihrem grünen Strahl. >>Nein, warte! Bitte! Unsere Freundin ist am Sterben! << schrie ich, so laut ich konnte. Einen Moment lang passierte nichts. Ich sackte auf dem Boden zusammen. War diese ganze Suche eine Zeitverschwendung gewesen? Lebte Mary überhaupt noch? Doch dann stand die Elfe plötzlich wieder vor mir. Ihr Gesicht war stur, doch sie reichte mir ihre Hand. Vorsichtig nahm ich ihre Hand, sie zog mich hoch und wir gingen zu Mary. Ihr Herzschlag war langsamer geworden. Aber es schlug noch. Die Elfe setzte sich elegant neben Mary und betrachtete sie. >>Sie ist ein Mensch und wurde besessen, wir wissen nicht, wie wir sie retten sollen! << seufzte Vitas. Die Elfe warf ihm einen fragenden Blick zu. Einen Blick, als würde sie ihn fragen, ob er denn überhaupt etwas könne. Er schwieg. Sie legte ihre Hand auf Mary's Herz. Jede Bewegung sah so elegant aus. Ein grüner Schein schimmerte unter ihrer Hand. Und plötzlich gab sie ihren ersten Ton von sich. Es war eine Art Gesang. Hohe Töne, perfekt aneinandergereiht flossen aus ihrem Mund. Nach einiger Zeit hörte sie auf. Zwei Füchse war gekommen, der eine hatte eine grüne Strähne, der andere hatte eine lilane Strähne. Die Elfe klopfte mit ihrer anderen Hand leicht auf Mary's

Bauch. Der Fuchs mit der lilanen Strähne
sprang drauf, wickelte sich auf ihr
zusammen und blieb liegen. Sogar die
Bewegungen der Füchse waren
unglaubwürdig elegant. Die Elfe stand auf
und ging in schnellem Schritt weg. Sie
kam mit einer Feder zurück. Mors weitete
ihre Augen, >>Das ist eine Engelsfeder.
<< flüsterte sie mir zu. Sie legte die Feder
auf Mary's Herz und hielt beide Hände
über Mary's Kopf. Der Fuchs lag immer
noch an derselben Stelle. Wieder machte
die Elfe ein Geräusch. Es war ein
Schnattern, sie kommunizierte mit dem
Fuchs. Der Fuchs mit der grünen Strähne
fing an zu knurren. Die Elfe ballte ihre
Hände zu halben Fäusten. Plötzlich schoss
ein schwarzer Rauch mit hohen Schreien
aus Mary. Der Fuchs sprang hoch und
verschluckte den Rauch. Die Elfe
streichelte beide Füchse. Schlagartig setzte
Mary sich auf und starrte die Elfe an. Die
Elfe schob Mary's Haare hinter ihre Ohren
und starrte sie ebenfalls an.
Marry lebte.

Storm

Die Elfe und Mary starrten sich einige
Sekunden lang an. Dann drehte sich die
Elfe zu den Füchsen und gab ihnen sanfte
Küsse auf die Stirn. >>Danke! << machten
wir fast alle gleichzeitig. Sie starrte uns
mit einem sanften Lächeln an, >>Gerne.
<< sagte sie mit einer wunderschönen
Stimme. Sie hatte einen Akzent und etwas
in ihrer Stimme summte. Doch gleichzeitig
klang ihre Stimme als würde sie singen.
Wir schauten sie mit großen Augen an. Sie
konnte reden? Sie war die ganze Zeit
stumm gewesen! >>Du- du redest? <<
fragte Alice. Die Elfe nickte einmal
langsam, verdrehte ihre Augen und
antwortete: >>Natürlich.<<.
>>D-danke, dass du mich gerettet hast.<<
flüsterte Mary. Ihre Stimme klang heißer.
Die Elfe wandte sich zu Mary und

schenkte ihr ein süßes Lächeln. Ich dachte einen Moment lang nach. Die Elfe war stur. Stur aber stark. Sie könnte uns behilflich sein. >>Darf ich fragen was dein Name ist? << fragte ich die Elfe vorsichtig. Sie streichelte noch einmal langsam ihre Füchse.

>>Feronia<< sagte sie, ohne mich anzuschauen. >>Schöner Name! << sagte Mary. Ein Lächeln zog sich über Feronia's Mund doch verschwand schnell wieder.

>>Feronia, willst du- würdest du vielleicht mit uns kommen? << fragte ich. Keine Reaktion. Sie streichelte den grünen Fuchs erneut. >>Die Füchse sind so süß! Wie heißen sie? << fragte Mary. Feronia wandte nur ihre Augen auf Mary, ihr Kopf blieb auf die Füchse gerichtet.

>>Die lilane sieht aus wie eine... Lunette!<< meinte Mary. Jetzt drehte Feronia ihren ganzen Kopf zu Mary. Ihre Augen weiteten sich. Ihr Kopf drehte sich wieder auf den lilanen Fuchs, sie

schnatterte erneut. Der Fuchs neigte seinen
Kopf und wandte sich zu Mary. >>Lunette.
<< sagte Feronia ausdruckslos. >>Echt?
<< machte Mary überrascht. Mary streckte
ihre Hand zu dem Fuchs. Sie kam näher,
schnupperte an Mary's Hand und sprang
hoch. Sie rollte sich spielerisch auf Mary's
Schoß rum und lachte schnatternd. Mary
kraulte ihr den Bauch. Mary's Augen
strahlten vor Freunde. Feronia starrte Mary
an und schnatterte wieder. Der Fuchs
schnatterte zurück. Die Elfe schnappte
nach Luft und starrte Mary an. Doch sie
bleib still, gab keinen Ton von sich. Hatte
sie meine Frage überhaupt gehört? Oder
hatte sie mich ignoriert? Diese Elfe war
mysteriös, ich mochte das irgendwie.
Vorsichtig entschloss ich mich nochmal zu
fragen.
>>Würdest du mit uns kommen?<<.
Wieder gab sie keine Reaktion von sich.
Ihr Blick war mal wieder auf die Füchse
gerichtet. Vom Fuchs mit der grünen

Strähne wanderte ihr Blick langsam zu
Lunette, dem Fuchs mit der lilanen
Strähne. Lunette schnatterte fröhlich.
Einen Moment starrte Feronia den Fuchs
weiter an. Dann wandte sie sich an mich
und gab mir ein halbes Nicken, mit
geschlossen Augen. Ein Lächeln zog sich
über mein Gesicht, >>Toll! << sagte ich,
>>Wir sollten aber noch eine Nacht warten
bis wir aufbrechen, wir sind verwundet.
<<. Der Tag wandte sich langsam dem
Ende zu. Die Sonne senkte sich dem
Horizont zu und der Himmel färbte sich in
ein starkes pink. Mary saß den ganzen
Abend neben Feronia. Feronia war sehr
still, trotzdem schienen die beiden sich zu
verstehen.
>>Wir müssten mal in eine Stadt gehen,
wir brauchen eine Karte, um zu wissen,
wie weit wir es noch haben.<< meinte
Winson zu uns. Wir nickten alle. Es würde
gefährlich werden, doch wir wussten, dass
es notwendig war. >>Brechen wir morgen

früh dann also auf? << fragte Alice.

>>Ja.<< beschloss Winson.

Ob wir überhaupt wussten, wo lang wir mussten, das wusste ich nicht.

Am nächsten Morgen brachen wir auf. Ich wusste nicht wohin, ich folgte einfach den anderen. Es war ein kalter Tag. Nach den ganzen warmen Tagen, fühlte sich dieser Tag traurig an. Kalt und windig.

Mary und Feronia liefen ganz hinten. Sie lachten viel, auch wenn Feronia's Lachen eher ein schüchternes Lächeln war, während Mary wie ein Wasserkocher klang. Alice hatte sich an meinen Arm geklammert und erzählte mir den ganzen Weg etwas über Tulpen. Vor uns liefen Vitas und Mors und redeten mit Winson und NanNan. Ginny und Berry rannten zwischen uns herum. Nach einiger Zeit fing es an, leicht zu regnen. Ich schaute in den Himmel. Das hatte noch gefehlt.

Kälte, Wind und Regen. Ich vermisste das kochende Wetter der Hölle. Wir fingen an, schneller zu laufen. Meine Haare fingen an zu tropfen, so nass waren sie.
Und endlich hörten wir Autos. Wir konnten nicht mehr weit weg sein.
>>Endlich! << rief Winson vorne. Wir gingen nur noch wenige Meter und standen an einer Straße. Am Ende der Straße konnten wir Häuser erkennen. Wir liefen also die Straße runter, Richtung Häuser. Es fing immer stärker an zu regnen.
Die Straße war viel länger als sie aussah. Durch den Wind und Regen konnte ich kaum was sehen. Wir liefen und liefen. Irgendwann trat ich auf etwas. >>Was ist das? << dachte ich laut. >>Ein Autoschlüssel? Das ist komisch...<< sagte Alice. Doch wir vergaßen den Schlüssel schnell wieder.
Bis wir an einem stehenden Auto vorbeikamen. Zuerst versteckten wir uns, als wir es entdeckten. Doch schnell

merkten wir, dass niemand in dem Auto
saß. >>Das muss das Auto sein, zu dem
der Autoschlüssel gehörte! << fiel Mary
ein. >>Also ist es verlassen? << fragte
Winson. >>Ich denke ja, aber lasst uns
weitergehen, wir sollten keine Zeit
verlieren. << meinte Alice. Also gingen
wir weiter. Die Häuser kamen immer
näher, doch das Wetter wurde immer
schlechter. Von der einen auf die andere
Sekunde fing es an zu schütten. Weit weg
erkannten wir Blitze. >>Wie sollen wir
jetzt noch einen Unterschlupf für die Nacht
finden? << seufzte Mors. >>Das Auto! <<
rief Alice. Wir blieben wie auf Kommando
alle stehen. >>Denkt ihr-? Wir können es
doch mal versuchen! << beendete Alice.
>>Dann los! << sagte NanNan und wir
beeilten uns zum Auto, welches wir zuvor
gefunden hatten. Zum Glück waren wir
nicht weit weg. >>Ich hole den Schlüssel!
<< rief Alice und rannte zu der Stelle, an
der ich auf den Schlüssel getreten war. Sie

kam schnell zurück. >>Hoffen wir, dass er noch funktioniert! Wasser und drauftreten klingt nicht so gesund für einen Autoschlüssel...<< sagte Alice. Vorsichtig näherten wir uns dem Auto. Unsere Tiere waren komplett durchnässt. Alice hielt den Schlüssel an das Auto, drückte einen Knopf und... .

Es klappte! Das Licht des Autos ging an und Alice machte die hintere Tür auf. Vorsichtig schaute sie sich im Auto um, >>Hier scheint alles sicher. << sagte sie und öffnete den Kofferraum, >>Hier ist auch alles gut, hey, sogar recht frisches Essen! Auf jeden Fall frischer als unser Essen! <<. Wir schmissen unsere Taschen in den großen Kofferraum. Das Auto war groß. Laut Alice war es ein neues Modell. Wir stellten uns alle unter die Klappe des Kofferraums, um etwas Regenschutz zu haben. >>Wer fährt? << fragte Winson, >>Hat jemand einen Führerschein? <<. >>Also ich habe so eine Schachtel mit

Rädern noch nie gesehen. << meinte Vitas, Mors nickte zustimmend. >>Ich wurde vor dem Krieg eigentlich fertig mit meinem Führerschein, ich hatte nur kein gutes Bild dafür, deswegen konnte er noch nicht erstellt werden, ich denke ich könnte fahren. << sagte Mary. >>Ich fahre immer im Dorf in der Heimat meiner Familie Auto, ich denke ich könnte auch fahren. << sagte auch Alice. >>Dann machen wir das so, Mary und Alice, ihr sitzt vorne und fahrt, wir quetschen uns irgendwie nach hinten. << erklärte Winson. Winson klappte den Kofferraum zu und Mary und Alice setzten sich nach vorne. Ich öffnete die hintere Tür, wie sollten 6 Menschen in so kleinen Raum passen? >>Wartet, ich habe eine Idee! << meinte Winson. Er klappte die Sitze nach vorne, der Raum schien direkt viel größer.

>>Ist das nicht etwas- unsicher?<< fragte Alice von vorne.

>>Ist es deiner Meinung nach etwa

sicherer, dass 6 Personen, 2 Füchse und 2 Hunde auf 3 Sitzen sitzen?<< fragte Winson ironisch. >>Ok, du hast recht, gebt uns aber Berry und Lunette nach vorne! << sagte Mary. Die Tiere sprangen ins Auto und schüttelten sich. >>Ihr Armen, ihr seid so nass! << seufzte Alice. Als ob WIR nicht auch nass wären? Ich fühlte mich nässer als nach dem See mit den Meerjungfrauen! Nach den Tieren stieg NanNan ein, dann Mors, dann Vitas, dann ich und schließlich Winson und Feronia. NanNan legte sich hin, Vitas und Mors setzten sich so hin, dass sie auch liegen konnten. Feronia hockte sich ganz hinten in die Ecke. Ich und Winson quetschten uns irgendwie dazu und schlugen schnell die Tür zu. Endlich, kein Regen! Es war mehr Platz übrig, als ich erwartet hätte, gleichzeitig fühlte es sich gemütlich an. >>Das Auto hat bestimmt eine Karte, dann müssen wir nicht mehr in die Stadt, schauen wo wir sind! << meinte Mary und tippte etwas auf einem Bildschirm vorne rum, >>Ja hier! Hey wir sind gar nicht mehr so weit, ich denke in so 2-3 Stunden sind wir da!<<.

>>Ja! Let's go! Wir schaffen das!<< rief Alice.

>>Seid ihr bereit?<< fragte Mary. Wir nickten.

>>Dann los!<<

Fall

Die Autofahrt war angenehm, wir mussten
aber langsam fahren, weil die Straßen sehr
nass waren. Endlich mussten wir nicht
mehr laufen. Mary hatte einen Radiosender
gefunden. >>Wir können endlich
Nachrichten hören! << war Alice' Reaktion
gewesen. >>Und Musik! << hatte Mary
gerufen. Zuerst hörten wir aber
Nachrichten, um auf dem neusten Stand zu
sein.
Man konnte wegen dem schlechter Wetter
alles nur schwer verstehen. Eine Frau
erklärte, dass in den kommenden Tagen
ein Unwetter auf England zukommen
würde. Das hatten wir schon gesehen, ich
schaute aus dem Fenster. Regentropfen
prallten gegen das Fenster und flossen in
einem Wettrennen runter. Die Landschaft
war in Nebel gehüllt. Dann sprach ein

Mann weiter. Es gab anscheinend Hoffnung, dass es in den Tagen des Unwetters weniger Angriffe geben würde. Trotzdem wird geraten, versteckt zu bleiben. Anscheinend hatte der Himmel einen Teil der Hölle übernommen. Die Hölle hatte dagegen einen Großteil der amerikanischen Kontinente eingenommen. Die Erde fing mit ersten Versuchen an, Teile des Himmels zu übernehmen und berichtete über erste Erfolge. Englands Risikogebiet lag momentan im Osten um London rum. Wir waren also im aktuell ruhigeren Gebiet. Danach kam Werbung. Werbung für Autos, für Zahnpasta, für „Anti-Demon Spray", was auch immer das sein sollte, für frische Schnittblumen und mehr. >>Können wir endlich Musik anmachen? << fragte Mary und schaltete den Sender ohne auf eine Antwort zu warten um. Ein Lied fing an. Es fühlte sich so gut an, endlich wieder richtige Musik zu hören!

Mary fing ohne zu zögern an, mitzusingen.
>>Dancing Queen!<< sang sie, Alice und
Winson stimmten mit ein, >>Young and
sweet, only 17!<<. Mary's Gesang klang
atemberaubend! Alice und Winson
klangen etwas lustig. Ich fand Alice'
Stimme trotzdem die schönste. Wie die
Wörter aus ihrem Mund flossen, wie ihr
Kopf dazu wippte, alles harmonierte so
perfekt. Der Rest von uns saß leise da, wir
waren alle aus anderen Welten, wir
kannten diese Lieder nicht. Trotzdem
wippten wir mit, die gespielten Musik
hatte etwas in sich! Die nächsten zehn
Minuten hörten wir Musik in
Dauerschleife. Endlich könnten wir auch
sehen, wie viel Uhr es ist und welches
Datum wir haben. Es war 16:00 Uhr am 15
Mai. Wir hatten fast ein halbes Jahr im
Wald gelebt, doch so ein Unwetter gab in
der ganzen Zeit nicht. Während der Musik
kam plötzlich ein Ton, der die Musik
unterbrach. Wir schauten alle gleichzeitig

auf den Bildschirm.

>>Oh nein.<< seufzte Mary.

Unser Tank war fast leer. >>Wo kriegen wir jetzt eine Tankstelle her? << dachte Alice laut. Wir fuhren durch Waldwege, es gab kaum Anzeichen von Leben. Vor allem nicht von Menschenleben.

>>Wir finden schon eine, ich würde lieber wissen, wo wir Geld herkriegen um zu tanken !<< sagte Mary. Geld. Natürlich. Eine Stille kehrte ins Auto. Nur noch die Musik aus dem Radio klang leise im Hintergrund.

>>Wir haben es geschafft, all diese Monate Essen zu bekommen, ohne Geld zu brauchen, wir schaffen es schon, eine verlassene Tankstelle zu finden!<< meinte Winson. Mary nickte und fuhr konzentrieren weiter. Alice tippte wieder etwas am Bildschirm. >>Die nächste Tankstelle ist gar nicht so weit weg, fahr da vorne runter! << meinte Alice zu Mary. Alice schaltete eine Stimme im Bildschirm

ein, die Mary den Weg vorsagte. >>In 300 Metern rechts abbiegen. << sagte die Stimme. Und wir hatten Glück, die Tankstelle, an die wir geführt wurden war verlassen! Langsam fuhren wir rein und blieben neben einer Säule stehen. Keiner von uns kannte sich mit tanken aus. >>Hoffen wir mal, ich sprenge uns nicht in die Luft! << lachte Mary mit einem ernsten Unterton. Sie schaute sich bevor sie aus dem Auto stieg genau um. Die Luft schien rein zu sein. Mary versuchte das Auto zu tanken. Keine Ahnung ob sie es richtig machte, das war das zweite Mal, dass ich in einem Auto saß. Hinter ihr ging plötzlich ein flackerndes Licht an, Mary und wir alle erschraken, doch es zeigte nur eine Anzahl von Litern. Als sie fertig war, stieg sie schnell wieder ein. Doch in dem Moment fuhr ein anderes Auto hinter uns in die Tankstelle. >>Schnell fahr! << riefen wir alle. Mary schaute sich um, >>Der Autoschlüssel liegt draußen! << rief sie. >>Warum hast du ihn mit raus genommen? << hisste Alice, >>Egal, ich hole ihn. <<. Wir senkten unsere Köpfe und beobachteten das andere Auto. Wir konnten nicht erkennen, wer in dem Auto saß, >>Alice mach, schnell! << ermutigte Winson Alice. Alice riss die Tür auf und sprang zum Schlüssel. Im selben Moment machte jemand die Tür zum anderen Auto auf. Alice duckte sich.

>>Hey!<< sagte eine junge Frau. Alice schaute vorsichtig zu ihr. >>Alles gut, hab keine Angst, ich habe eine Frage! << sagte die Frau wieder. Alice starrte sie an.

>>Funktioniert diese Tankstelle?<<

>>Uhm- ja... Also wir haben getankt.<<

>>Ah ok, danke! Wir haben keinen Tank mehr und müssen zu meinen Eltern fahren, ihr Dorf wurde von Demonen angegriffen!<<

Ich, Vitas und NanNan schauten uns an, gut dass die Frau uns nicht sah.

>>Oh, ja- viel Glück dann! Wir müssen

auch, wir müssen weiter!<< sagte Alice
und stieg ein.

>>Schönen Abend noch!<< hörten wir die
Frau noch sagen bevor Alice die Tür
zuknallte. Sie schenkte ihr noch ein letztes,
nervöses Lächeln und wir fuhren weiter.
>>Creepy!<< sagte Alice während sie sich
anschnallte. >>Alice, ich hab eine Idee,
öffne mal das Handschuhfach! << meinte
Winson. Alice öffnete es. >>Da, ein
Ladekabel!<< rief Winson, >>passt es zu
einem unserer Handys?

Alice nahm das Ladekabel raus, >>Ja! ich
hole mein Handy, warte!<<.

Sie kramte in ihrer Taschen rum, bis sie ihr
Handy fand, kaputt. >>Das wird wohl
nichts mehr mit meinem Handy! <<
seufzte Alice. Also suchte Winson nach
seinem Handy und fand es recht schnell.
Er gab es Alice, sie schloss es ans
Ladekabel an und... es klappte!

>>Ich muss meine Schwester gleich
anrufen!<< meinte Winson.

>>Such mal nach meinem Handy.<< sagte
Mary und gab Alice ihre Tasche. Alice
fand auch Mary's Handy. >>Lassen wir
Winson's Handy laden und dann kommt
deins. << sagte Alice und streckte das
Handy in die Autotür. Danach erzählten
uns Alice, Mary und Winson Geschichte
aus ihrem Dorf, während immer noch
Musik in Hintergrund lief. >>Als ich Mary
traf, war ich noch ganz anders, ich hab
mich so cool gefühlt und wollte eine coole
Freundin!<< lachte Alice.
>>Ich schaukelte auf dem Spielplatz mit
meinem MP3 Player und meiner Hello
Kitty Brille als wir 5 waren oder so und sie
kam zu mir und fing an mit mir zu
tanzen!<< lachte Mary, >>Ich fand dich
zuerst richtig komisch, aber dann wurden
wir Freunde!<<.
>>Irgendwann hab ich dann deine Hello
Kitty Brille geklaut weil ich auch so eine
wollte und wir hatten Streit!<< erzählte
Alice. Mary lachte. So ging das weiter.

Danach erzählte Winson wie er Mary getroffen hatte. >>Wir waren in derselben Kindergartengruppe und haben immer versucht Zaubertränke aus allem, was wir finden konnten zu machen! << erzählte er. >>Einmal wurden unsere Eltern angerufen, weil eine neue Betreuerin dachte wir würden unseren Trank essen! << lachte Mary, >>Also ja, wir haben schon probiert, aber meistens haben wir Bäume an den Stellen, an denen andere Kinder Äste abgerissen haben mit unseren Tränken eingeschmiert! Damit sie wieder gesund sind! <<. >>Wir waren so komische Kinder!<< lachte Winson. >>Wenn Winson nicht da war, war mein bester Freund ein Baum!<< lachte Mary, >>Ich hatte ihn Hai genannt!<<.
Es war schön über die Erinnerungen meiner Freunde zu hören. Wir fuhren lange weiter.
Nach einiger Zeit nahm Alice Winson's Handy vom Ladekabel und schloss Mary's

Handy ans Ladekabel.

>>20%, nicht viel aber reicht!<< meinte Alice, >>Wartet, wir brauchen ein Bild!<<.

Alice streckte ihren Arm mit dem Handy nach vorne und machte ein Selfie von uns allen.

>>Oh, Winson, du hast so einige ungelesene Nachrichten!<< sagte Alice und gab Winson sein Handy.

Winson ließ die ganzen Nachrichten und antwortete ihnen. >>Ok, ich rufe jetzt meine Schwester an, seid leise. << sagte er und legte sein Handy an sein Ohr. Lange Stille.

>>Sie geht nicht ran!< seufzte Winson besorgt. Alice öffnete ihren Mund und wollte ihn beruhigen, als plötzlich sein Handy doch klingelte!

>>Nina? Nina! Nina! Ja, ich bin es! Geht es dir gut? Mir geht es super! Wo bist du? Wir kommen ok? Wir sind auf dem Weg zu dir! Es fühlt sich so gut an deine

Stimme zu hören! Was? Wo sind sie? Wir kommen! Heute oder morgen sind wir da!<<

Alice schaute ihn mit einem breiten Lächeln an.

>>Sie ist zuhause, es ist sicher, wir können kommen!<< rief Winson zufrieden. Wir fuhren weiter. Die Menschen unter uns sangen die Lieder weiter mit. Ich schloss meine Augen und entspannte mich. Nach einiger Zeit hörte ich Mary rufen: >>Nur noch eine halbe Stunde, wir schaffen das! Alice, kannst du meine Mutter anrufen? <<. Alice nickte und nahm Mary's Handy. Sie versuchte anzurufen, doch niemand ging ran. Mary nahm ihr Handy und packte es in ihre Hosentasche. >>Es fühlt sich so unreal an, dass wir bald zuhause sind! << seufzte Alice fröhlich und drehte die Musik lauter. >>Nur noch 20 Minuten! << meinte Mary. >>Auf diesem Weg sind wir doch früher immer zum Klettern gefahren! << erinnerte sich Winson und klopfte auf

Mary's Schulter. >>Und hier fahren wir manchmal mit dem Fahrrad hin, um den Sonnenuntergang zu schauen! << rief Alice und zeigte nach vorne. Eine schöne Aussicht kam zur Sicht. Es regnete nicht mehr. Ein weites Tal aus Bäumen und Felsen ergab sich vor uns. In dem Nebel wirkte es wirklich magisch! Neben uns war jetzt ein Abgrund, es sah wirklich schön aus. >>10 Minuten! << rief Alice voller Vorfreude. >>Wollen wir noch mal hier stoppen und unseren neuen Freunden das magischen Gefühl zeigen, wenn man hier an der Kante steht?<< fragte Mary. >>Ja!<< meinten Alice und Winson gleichzeitig. Mary hielt in der Nähe des Abgrundes und stieg aus. Wir alle hinterher. Wir stellten uns alle an den mit einem kleinen Zaun gesicherten Abgrund. Es war wow!
Man fühlte sich als würde man schweben! Die Vögel, die im Horizont gleiteten, gaben dem ganzen noch mehr Magie. Der

Duft von nassem Wald drang in meine Nase. Ich schloss meine Augen und genoss den Moment. >>Schön hier, was? << flüsterte Alice in mein Ohr, sie legte ihre Arme um mich. Ich drehte mich zu ihr und nickte. Wir lachten und sie drückte ihre Lippen an meine. >>Ich bin so froh, dass wir den Krieg zusammen überleben, nicht alleine. << flüsterte sie wieder, >>Ich auch. << antwortete ich. Dann drehten wir uns wieder zur Aussicht und schauten in die Ferne. >>Ich liebe diesen Ort! << schwärmte Mary. >>Ich auch! << sagte Winson. In dem Moment hielt ein Auto hinter uns. Wir erstarrten. Vorsichtig versuchte wir zu erkennen, wer oder was in dem Auto saß. Das Auto war groß, sehr groß. Die Tür ging auf und ein ausgewachsener Demon mit roten Augen stieg aus. >>Rennt! << schrie ich ohne zu zögern und rannte zu unserem Auto. Ich sprang rein, hinter mir Mors. Alice und Mary sprangen auch rein. Die anderen rannten noch. Doch der Demon war schneller. Er versperrte ihnen den Weg. Ich wollte wieder rausrennen, um ihnen zu helfen, doch ein zweiter Demon sprang an unser Auto. Wir knallten unsere Türen zu, Berry und Lunette sprangen noch rein. Das Auto wurde umgekippt. Wir schrien und das Auto wurde ein wenig zusammengequetscht. Wir waren jetzt gerade auf die anderen gerichtet, wir konnten sehen, wie der Demon sie bedrohte. Ich wollte ihnen so gerne helfen, doch die Türen gingen nicht mehr auf. NanNan und Feronia kämpften gegen den Demon. Plötzlich bewegte sich das Auto wieder. Ich schaute nach hinten. Oh nein. Der Demon schob unser Auto mit hoher Geschwindigkeit auf den Abgrund zu. >>Nein, nein, nein<< flüsterte Alice voller Angst. Doch der Demon stoppte nicht und so flogen wir den Abgrund runter. Ich konnte nur noch Schreie hören. Dann wurde alles schwarz.

Wake up

Hallo?

Ich öffnete schwer meine Augen.

Mein ganzer Körper schmerzte. Ich versuchte meinen Kopf zu drehen, doch es tat zu sehr weh. Ich gab auf. Alles wurde wieder schwarz.

Plötzlich hörte ich ein Husten und öffnete meine Augen langsam wieder.

Sogar das Atmen tat weh. Ich nahm all meine Kraft zusammen und drehte mein Kopf Richtung dem Husten. Ich war ein Demon, ich war vermutlich die im Auto, die am wenigsten gelitten hatte. Mors lag neben mir. Ich konnte ihren schweren Atem an ihrem Körper sehen. >>Mors<< flüsterte ich. Meine Stimme klang tot. Ich klang nicht wie ich, meine Stimme war so kratzig, so schrill, so hauchig, alles in einem. Mors drehte mit dem gleichen Schmerz wie ich ihren Kopf zu mir und blinzelte langsam. Ich erschrak. Ihr Gesicht war blutverschmiert. Tief einatmen. Ausatmen. Voller Schmerz streckte ich meine Hand nach ihr aus und strich über ihr Gesicht. Eine Träne rann über ihr Gesicht, ich fing sie auf, die Träne hatte sich rot gefärbt. Draußen war es schon dunkel geworden. Mors hustete wieder. Plötzlich sprang etwas auf meinen Bauch, ein Schmerz durchfuhr meinen Körper. Der Schmerz war so stark, dass alle anderen Schmerzen kurz verschwanden und ich mich aus Reflex aufsetzte. >>Au! << schrie ich. Es war Lunette. Sie strich ihren puschigen Schwanz über meinen Bauch. Der Schmerz wurde kleiner. Ich lachte aus Erleichterung, ich liebe Magie! Lunette schnüffelte an Mors' Gesicht und schleckte ihr Blut ab. Mors' Augen weiteten sich, man konnte sehen, dass auch ihr Schmerz weniger wurde. Ich streichelte Lunette und ihr Schwanz rollte sich um meinen Arm, der Schmerz wurde wieder kleiner. >>Danke! << flüsterte ich. Sie schnatterte. Danach legte sie sich auf Mors' Bauch. Mors' Atem wurde direkt leichter. Ich schaute an mir herunter, meine Beine waren auch voller Blut. Im Spiegel sah ich meine Reflexion, mein Gesicht hatte den Sturz ganz gut überstanden, doch meine Hörner waren wieder größer geworden! Ich musste also auch stärker geworden sein. In meinem Augenwinkel sah ich plötzlich Alice und Mary leblos vorne liegen. Es war nicht mal ein Liegen, sie sahen kaputt aus, viel zu schlapp, um noch am Leben zu sein. Jetzt waren es meine Augen, die sich mit Tränen füllten. >>Alice! << rief ich und fiel nach vorne zu ihr. Meine Arme umschlangen sie. Ich rüttelte an ihr, >>Alice! << schrie ich immer wieder. Ein Piepsen drang in meine Ohren. >>Alice! << ich hörte meine eigene Stimme nur unklar im Hintergrund. Alles um mich herum wurde unscharf. Ich spürte Hände an mir, konnte sie aber nicht zuordnen. >>Alles wird gut. << wurde mir zugeflüstert. Ich wurde umarmt. Alles was ich spürte, spürte ich nur halb. Alles was

ich noch sah, war Alice' lebloser Körper.
Tränen flossen aus meinen Augen. Die
Umarmung wurde stärker. Oder war das
wieder nur mein Gefühl? Es fühlte sich an,
als würde ich ersticken, ich bekam keine
Luft mehr.

>>Faith!<< hörte ich wiederholt. Es war
nicht Alice, ich wollte schauen, woher die
Stimme kam, doch etwas in mir wehrte
sich dagegen. Dann wurde alles still. Ich
hörte nichts mehr, nichts. Schwer lehnte
ich mich an die Umarmung und wurde
ruhig. >>Faith? << erklang die Stimme
wieder nach einiger Zeit, >>Faith, ich
glaube Alice lebt. <<. Endlich konnte ich
meinen Körper wieder selber kontrollieren.
Ich schaute hoch, ich lag in Mors' Armen.
>>D-danke<< schniefte ich. Mir war
schwindelig, ich versuchte es nicht zu
zeigen und lehnte mich vorsichtig wieder
zu Alice nach vorne. Ihr Kopf lag auf
einem weißen Kissen, das aus dem Auto
geschossen schien. Mary's Kopf lag

ebenfalls auf so einem Kissen. Auf Alice'
Schoß lag Berry. Meine Hand schoss auf
Berry zu, sie erschrak. >>Berry! Du lebst!
<< rief ich voller Tränen. Berry hinkte auf
mich zu und schleckte mich ab. >>Berry!
<< schniefte ich, >>Ich hab dich lieb
Berry! <<. Lunette näherte sich Berry und
schleckte ihr die Pfoten ab. Sie konnte
wieder etwas besser stehen, doch hinkte
immer noch.

Ruhig versuchte ich Alice zu beobachten
und legte meine zitternde Hand auf ihren
Rücken. Ich musste warten, bis meine
Hand sich beruhigte, doch dann versuchte
ich zu spüren, ob sie noch atmete. Ja! Ich
konnte ihren Atem spüren! Ich lachte. Ich
fühlte mich plötzlich so leicht. Vorsichtig
stieg ich aus. Als ich aufstand, fiel ich
jedoch wieder um. >>Alles gut? << hörte
ich Mors' Stimme. >>Ja! << antwortete ich
bemüht. Langsam stand ich wieder auf. Ich
stützte mich am Auto und ging auf Alice'
Seite. Das Auto war zu unserem Glück auf

den Rädern gelandet. Mit meiner ganzen Kraft riss ich die Tür auf und fiel mit der Tür nach hinten. Es war wirklich mühsam, wieder aufzustehen, doch ich musste. Ich ging zu Alice, jeder Schritt schmerzte. Ich fand einen Knopf am Sitz und drückte ihn, der Sitzt fuhr nach hinten und Alice wurde hingelegt. Lunette sprang auf sie und ich löste ihren Gurt. Mors stolperte zu mir. >>Lass mich das machen, ich denke Engel haben mehr Heilkräfte als Demonen! << sagte sie und ich ging zur Seite. Lunette hatte sich auf Alice' Brust gelegt. Mors legte ihre Hände auf Alice' Wangen und schloss die Augen.

Einige Sekunden vergingen, doch dann atmete Alice schlagartig ein. Ich stürzte mich auf sie. Sie atmete schwer. Ich umarmte sie und drückte einen Kuss gegen ihre Stirn, wieder rannen Tränen mein Gesicht runter. Alice Augen öffneten sich. >>Hey! << sagte sie kratzig. >>Hey! << schniefte ich, erst jetzt sah ich, dass ihr

Gesicht voller Wunden war, einige waren schon getrocknet, aus anderen rannte noch frisches Blut. Ich wischte das frische Blut aus ihrem Gesicht und verschloss ihre Wunden. Meine Hand drückte gegen ihre Wunden, und sie verschlossen sich ein wenig, ich wusste nicht, dass ich sowas konnte. Sie lächelte, es fühlte sich so gut an, sie lächelte! Mors stieg wieder ins Auto und fuhr auch Mary's Sitz nach hinten. Mary's Arme waren auch voller Blut. Lunette legte sich auch auf Mary's Brust und Mors tat das selbe, was sie auch bei Alice gemacht hatte. Auch Mary öffnete nach einiger Zeit ihre Augen. Ich konnte es nicht glauben. Wie hatten wir diesen Sturz alle überlebt? Berry kam zu Alice gehumpelt und legte sich neben sie, Alice streichelte sie leicht. Ich setzte mich wieder ins Auto. >>Alice, Mary, gehts euch gut? << fragte Mors. >>Meine Beine...<< flüsterte Mary. Gleichzeitig lehnten ich und Mors uns vor. Mary's

Beine waren eigeklemmt. Mors warf ihre Hand vor ihren Mund. >>Wir kriegen das schon hin...<< hoffte ich. Vorsichtig stieg ich wieder aus und ging zu Mary's Tür. Ihre Tür war noch schwerer aufzukriegen. Sie war komplett eingedrückt. Ich musste es mehrfach erneut probieren. Irgendwann löste sich die Tür dann endlich ein wenig. Noch ein starkes Ziehen und...wieder fiel ich mit der Tür nach hinten. >>Danke! << rief Mary und versuchte ihre Füße zu bewegen. Ihre Füße hatten eine lilane Farbe angenommen, es sah fürchterlich aus. Lunette rannte instinktiv zu Mary's Beinen, schleckte sie ab und rieb sich dagegen. Die Farbe besserte sich ein wenig, blieb trotzdem noch lila. Dann legte sich Lunette auf Mary's Oberschenkel. >>Ruhen wir uns aus! << schlug ich vor und legte mich hin. Auch die anderen legten sich hin.
Ich glaube ich war eingeschlafen.

Home

Ich wachte von einem klingelnden Ton auf
und erschrak. Wir alle wachten auf und
erschraken. >>Was ist das? << fragte Mors
ängstlich. Mary kramte in ihrer Tasche
rum. >>Alles gut, es ist mein Handy!
Wartet...das ist Winson! Winson ruft an!
<< sagte sie. Sie ging ran.
>>Winson? Ja! Wir leben, wo seid ihr?
Seid ihr alle zusammen? Ich weiß nicht wo
wir sind...warte!<< Mary stieg aus, fiel
um, stützte sich am Auto uns schaute sich
um, >>Direkt unter dem Aussichtspunkt
aber ganz unten!<<.
Dann legte sie auf.
>>Sie sind etwas weiter oben aber auch
direkt unter dem Aussichtspunkt, sie haben
auch alle überlebt!<< erzählte Mary uns.
Wir hatten lange geschlafen, es wurde
langsam wieder hell. >>Ich würde sagen,

warten wir, bis es heller ist und dann
können wir los! << schlug ich vor. So
machten wir das auch, wir mussten immer
noch Kräfte tanken. Wieder legten wir uns
hin. Es vergingen wieder ein paar Stunden,
dann waren wir bereit. Mary rief nochmal
Winson an, >>Wir gehen jetzt los! <<
sagte sie. Sie redeten noch weiter. Wir
packten die Taschen die wir tragen
konnten zusammen und liefen los. Schnell
kamen wir an einem Weg vorbei. In den
Bäumen waren komische Gesichter.
>>Winson! Ich weiß wo wir sind, wir sind
bei den Gesichtern! Das Baumgesicht von
dem alten Mann! << sagte Mary, dann
wandte sie sich zu uns. >>Winson und die
anderen sind oben, dort wo wir mit der
Schule ein Picnic gemacht haben! <<
meinte Mary. Ich und Mors versanden
nichts, doch Alice schien direkt zu wissen,
wovon Mary sprach. >>Diese Wege
treffen sich doch irgendwo! Das war doch
ein Rundweg! << meinte Alice. Mary

nickte. Sie redeten weiter und wir gingen weiter. >>Winson, mein Akku ist fast leer, wir treffen uns an dem Punkt, wo die Wege sich treffen! << sagte Mary, >>Bis gleich! << sie legte auf. Wir hatten uns in den letzten Monaten so sehr daran gewöhnt verletzt zu werden, dass man uns kaum anerkannte, dass wir vor wenigen Stunden mit einem Auto eine Klippe runtergepurzelt sind! Ja, wir hinkten, ja, wir waren voller Blut und ja, wir waren sehr langsam. Aber wir liesen uns nicht aufhalten. Wir machten keine einzige Pause. >>Seid ihr öfter in diesem Wald? << fragte ich nach einiger Zeit. >>Ja, andauernd! Auch mit der Schule manchmal. << antwortete Alice, >>Deswegen wissen wir auch genau, wohin wir müssen! <<. Wir liefen weiter, vorsichtig aber ohne zu stoppen. Nach etwa 20 Minuten sagte Mary wieder etwas. >>Ich glaube wir sind bald da! <<. Wir liefen weiter. >>Ja, da vorne! << sagte

Alice und zeigte nach vorne. Man konnte sehen, wie zwei Wege sich trafen. Jetzt beeilten wir uns. >>Mary! Alice! << hörten wir. Es war Winson's Stimme. Kurz darauf waren Winson und die anderen an der Kreuzung angekommen. Wir eilten hin. Endlich. Endlich alle wieder zusammen. Wir umarmten uns alle. Die anderen sahen nicht besser aus als wir. Sie waren auch komplett voller Blut, ihre Klamotten waren zerrissen und sie hatten viele Wunden. >>Wie habt ihr das alle überlebt? << rief Winson erstaunt. >>Wie habt ihr das überlebt? << rief Alice zurück. Wieder umarmten wir uns alle. Langsam gingen wir den Weg weiter.
>>Was genau ist eigentlich mit euch passiert?<< fragte Mary. >>Wir sind den Abgrund runtergerollt, ich habe wirklich keine Ahnung wie wir das überleben konnten! << antwortete Vitas. Das konnte man ihnen mit den ganzen Verletzungen wirklich ansehen. >>Hauptsache ihr habt

überlebt, wie ist egal! << meinte Alice.
Wir gingen noch weiter und redeten. Bis
plötzlich Winson uns Mary, die ganz vorne
liefen hinter einer Kurve stoppten. Wir
eilten alle zu ihnen. Über jedes unserer
Gesichter bildete sich ein Lächeln. >>Wir
haben es geschafft! Wir haben es endlich
geschafft!<< rief Winson und rannte los,
als wäre er nicht gerade von einer Klippe
gerollt.
Vor uns lag das Dorf. Alice', Mary's und
Winson's Dorf. Endlich. Wir hatten es
endlich geschafft.

The end

Die Autorin:

Die aus Litauen stammende Selia R. wurde im Januar 2009 in Wiesbaden geboren und lebt bis heute hier. Seitdem sie schreiben kann, schreibt sie Bücher. 2024 veröffentlicht sie im Alter von 15 Jahren ihr erstes Buch. Sie besucht aktuell (2024) ein Gymnasium, arbeitet nebenbei im Café, ist künstlerisch aktiv und schreibt ihre Bücher. In ihrer Freizeit verbringt sie gerne Zeit in der Natur, mit Kunst, mit Tieren und liebt es zu reisen.

Um mehr über sie und ihre Werke zu erfahren könnt ihr auf ihrem Instagrammkonto: books_byselia.r vorbeischauen!

Zeitfracht Medien GmbH
Ferdinand-Jühlke-Straße 7
99095 Erfurt, Deutschland
produktsicherheit@kolibri360.de